GAEA

GAEA

vol.2 瑞比特

護玄——著

兔俠 vol.2

目錄

「人物簡介 CHARACTERS」

青鳥．瑟列格▼第六星區
金髮碧眼、擁有一張娃娃臉的20歲熱血青年。
喜愛正義、討厭壞蛋，夢想成為正義組織的一員！

琥珀．沙里恩▼第六星區
黑髮，擁有罕見的湖水綠眼眸的16歲少年。
個性冷淡、有點不善交際。

兔俠▼第七星區
處刑者。性別男，大白兔布偶，白毛紅眼睛。
非常認真嚴肅，忠於自身信念。

黑梭▼第七星區
處刑者。黑髮褐眼，變化後轉為紅眼。
看似輕佻，但其實相當會照顧人。

茆．菲比▼第六星區

處刑者。金棕色的長髮與雙眼，是個可愛的少女。開朗、大而化之。對自己人很好，有點排外。

沙維斯▼第六星區

隸屬聯盟軍部，無法得知任何底細，專門捉捕處刑者。眼與長髮都是淡灰色。冰冷不易親近，堅守正義。

噬．巴德▼朱火強盜團

朱火團長之一。黑髮褐眼，左臉有火焰圖騰。為了達到目的，可以使用任何手段。

美莉雅安奈．巴德▼朱火強盜團

朱火副團長之一，橘髮褐眼，左臉有火焰圖騰。冷漠高傲，只服從噬的命令。

第一話▼▼▼第六星區

不能哭。

不管遇到什麼事情都不能哭。

「如果被別人察覺內心的軟弱之處，你就永遠無法對抗外來的那些惡意。所以無論如何，都不能將那些表現出來。」

他是這樣被教育的。

穿著華美的女性坐在他身邊，美麗卻完全沒表情的面孔像是雕像般看著他，佩戴的圓潤珠飾倒映出各色的燈光，「不管未來你去到何處，都不能像這些民眾一樣大哭，那只會讓我們陷入更多的危險。」

他不懂。

看下台階，一眼望去的是許多正在哭泣的人們。

他們嚎啕大哭，他們捶胸頓足，每個人都用力哭叫著，然後無力地在地面上爬動，渴求著再多被賜予些憐憫。

「你要記得，我們家族不能示弱，面對人類時，只能笑，就算不想笑，還是必須笑。」女性站起身，逆光的背影如此巨大，「被討厭也好，被認為不懂輕重也好，即使你不被承認，但是身爲我們家族之人，你就必須掩蓋自己的眞心。對於這個世界，你只能以笑應對，就算是難過，也不可長存於心。」

「我們，面對的是人心，而人心永遠邪惡，只要被發現弱點，就會遭到無止盡的攻擊。」

所以即使再怎樣痛苦，都不可表露自己。

即使想要放聲痛哭，也必須忍下。

未來走到哪裡，都必須謹記。

「所以，我會用力不難過。」

像是催眠自己般地不斷不斷重複著，不管如何，都不可以太過難過。

就算流眼淚，也要快點抹去，然後壓下情緒。

要笑，要對別人笑。

他睜開眼睛時，整個眼睛腫到不行。

沒關係，等等稍微擦過藥馬上就會看不出來了。

那是他們生存的方式。

只要笑就行了。

□

凱達斯特並沒有非常多的宗教信仰。

這個世界最早的起源是「移殖」，白話地說，就是從原本的「母星」轉移到現在的「第二星」；所以一開始便已經有了科學的基礎與各種先進的知識。

追溯起始，是在八百多年前，一批頂尖科學家與幾個大型家族到達了這個僅有七塊大型陸地區的星球，在前面兩、三百年間屬於拓荒與奠定所有基礎、排除星球上原本的威脅與各種強大的生物。

在所有一切底定之後，便有了七大星區的各自行政產生，原本移居的人們，也在短短幾百年中繁殖了更多的人口。

接著，便是各種基本需求建築等的發展。

之後幾百年，七大星區以一種不可思議的速度不斷開發，各種資源被重造變成所謂的科學與進步，進而開始了更進步的改造年代。

直到瓦倫維之戰之前，這個世界都是這樣運作的。

一開始便帶來科技，使大部分人們並不太需要所謂的宗教信仰，他們只追求科學與現實，人死亡之後分解成無數的粒子與水分蒸發等等。最原始的母星宗教早就已經淡薄許多，據說在星球移居之前，就已經失去了非常多的信仰。

凱達斯特上並不流行過多的信仰，人們的信仰其實非常簡單，而且並不花俏多樣，只有兩種，起源就是那些被稱爲起始者的科學家們。

這些科學家們與起源家族們在星球宗教中被混合揉成一種精神上的概念，信奉者會稱他們爲「起源之神」，另一派則是「請願之主」。作爲一種在必須時候的精神上依靠來祈禱，也在歷史年代中多少產生了一些攀附其上的神話故事。

青鳥本身會唸一些神保佑之類的話，但是並非完全狂熱誠心的信徒，就只是種隨口的話語而已，這在人們之間很常見。

然後在閒談時，才知道大白兔是請願主的信徒，所以才常迸出天誅之類的口頭禪。

睡醒後，青鳥一大清早起床時聞到一種淡淡的香氣，帶點花香、也有點清涼的味道，從窗外隨著風被吹了進來，讓人一下子就跟著清醒過來。

他認得這個熟悉的味道，是信徒在禱唸起源之神時會用的香料。

雖然是不同派別，但是起源之神和請願主的信仰很相似，沒有什麼繁雜的流程，人們在禱唸時都是在心中誠心地低語，比較講究的就用香料或花朵……現在的凱達斯特不能隨便焚香，一個沒弄好莉絲就炸了。火焰很危險，所以大多都是使用揮發性的香料，也有專門販售各式各樣宗教用品的店家。

「我都不知道你有信仰起源之神。」打了哈欠，青鳥趴在二樓的窗台上，看下去正好看到他學弟把花放在一邊的樹下，還在樹上抹了那種禱唸的香料。

信徒們在塗抹香料時很講究，有一些固定的圖形，手指沾上香料後順著畫出不同的圖案，有的是代表普通的身體健康、學業進步之類，有的則是表示思念、弔念，一般如果沒有特別要求時，就是按壓指印或是放著揮發即可。

他看著樹上未褪的淡淡痕跡，是祭拜亡者使用的圖形。

琥珀抬起頭，正好對上他的視線，「我不信仰，但是家裡的貨品裡只找到這種香料，想給父親送一程。」

青鳥順著對方的動作看過去，看見樹下除了花以外還有一個小罐子，他抓抓頭，穿了件外套後直接從二樓窗台跳下去，「這個是……」

「黑梭天亮時帶回來的，他好像趁夜間回學校一趟，這是那些灰。」琥珀打開了小罐子，裡面裝著的是很少量的灰粉，他早上起來時黑梭交給他的，說被風吹掉大半，盡力了只找回來少許，「只剩這些了。」

接著他們就沒再講話，顯然一個晚上就整理好心情的琥珀也冷著張和平常差不多的臉，兩個人一起在樹下祝禱了半晌之後，琥珀才挖了個洞，把黑灰罐子埋進樹下，接著拍上了玻璃小方碑。

「那個……」看著站起身的學弟，沉默了好半晌的青鳥正想告訴對方自己想說的話時，就被對方抬手阻下來了。

「我說過了，這些事情和學長你無關，以後要照顧什麼的話不用說，我自己會照顧自己，不用你多費心。」打斷了對方的話，琥珀不用問也看得出對方想說什麼，他搖搖

頭，「你比較需要好好照顧自己，學長你很容易被別人的事情影響，像這次處刑者和強盜團的事情也一樣，其實你並不需要豁出自己的生命去攪和不是你的事情，就算再怎樣的絕境，別人總是會自己想辦法找到路的。」

「可是琥珀你不是別人啊。」有點不滿地咕噥著，正想要給對方再教育、讓他知道他這種年紀可以依靠大人時，青鳥看到根本沒在聽他講話的學弟已經轉身走回屋子裡了。嘖了聲，他也趕緊跟上。

大清早，只看見大白兔盤坐在客廳，就像這幾天沒事時都會出現的打坐姿態。

「對了，那個女孩子要怎麼辦？」

整理著書櫃，琥珀隨口問道：「我母親明天會出發去親戚家住一陣子，房子整理好空下來後可以讓你們暫住，但是畢竟都是男人，還是不方便讓她住下來。」

「說實話，我覺得就算和她住在一起，在場也沒有人可以把她怎麼樣吧。」黑梭有點沉痛地說出包括兔俠在內所有在場男性的心聲。

就算想對她怎麼樣，在見識過女孩單手抬沙發和打破牆壁之後，那個「怎樣」百分之百也會昇華爲「純欣賞」。唯一的勇者八成就是那個叫作亞爾傑的殺不死存在。

「你們在說什麼不方便啊？」

端著早餐，露出一雙白皙美腿的小茆穿著清爽的短褲衣物從廚房裡走出來，「如果房間不夠，我和青鳥住在一起完全可以的喔，不會介意。」

我介意啊！

我完全介意！

到現在還不敢把長髮卸掉的青鳥在內心大聲吶喊。

「那學姊你就獻身吧。」琥珀冷冷地開口：「你們可以不用客氣，客房隔音很好，就算骨頭斷掉也不會有人發現，怕光的話可以用地下室沒關係。」

對著自家還在落井下石改稱呼的學弟揮了揮拳，青鳥轉向正在解開圍裙的小茆，「都出來這麼久了，露娜和阿德應該也很擔心吧，我們在說妳要不要今天先回家看看？畢竟昨天莉絲才剛爆發過。」

「這個啊，妳可以放心，我已經聯繫過阿德和泰坦這邊的狀況了。月神有時候進行任務時也會獨自離開好幾天，所以阿德知道狀況，泰坦也說會再讓其他人留意這裡。」

摸摸青鳥的臉，小茆湊近看了下，「雖然皮膚不錯，但是如果好好保養一下會變得更嫩喔，今天要不要一起上街，我教妳買一些讓皮膚變得更好的用品。」

「不、不用了。」他恨不得自己可以有多黑就曬多黑，這樣看起來才有男子氣概，曬不黑已經夠悶了，還變好咧！他腦子壞掉才去！

「真的不要嗎！」啪地聲，小茆手上已經捲起來的圍裙直接變成兩半。

「……太好了我最喜歡逛街了，吃飽飯之後我們出去逛逛吧。」青鳥在心中流下了男兒的淚水。

相較於那邊的兩小無猜，黑梭轉向了正在桌邊擺碗筷的琥珀，「你母親不下來一起用餐嗎？」

「我等等端上去。」平靜地放好東西後，琥珀轉過身，「學姊，你們待會兒去商店區時，請幫我帶點東西到北街的雜貨店。」

「誰是學姊！不要亂叫啊啊啊——」青鳥一口血差點吐出來。

「總之幫我帶東西過去就是了。」才不管他要當學長還是學姊，琥珀稍微看了圍在桌邊的客人們，「應該是都要出去吧？」

在角落邊打坐的大白兔突然舉起手，「在下會留在此處。」

「兔子留在家裡也好，畢竟才剛和聯盟軍、強盜團對峙過，現在再帶個大布偶出去就太顯眼了。」不管是變成松鼠還是蘿蔔，上街帶這麼大的布偶總是引人懷疑。黑梭看著屋主，「方便嗎？」

「沒所謂方不方便的。」既然都讓他們借住，琥珀當然也不在意誰要留下來看家、誰要出去，「學姊那邊有房子的鑰匙碼，等等你們向他複製一份之後就可以自由進出了。」

「真是萬分感謝。」大白兔拱起兔掌，「那麼附帶一問，請問在下可否在後面樹林鍛鍊身手？很有可能會弄斷一些樹枝。」

「……你請便。」

□

在吵鬧的客人們離開之後，屋子再度恢復寧靜。

琥珀看著大白兔逕自走到後方樹林中練起拳來，就關上後門，端著食物走上二樓。

主臥室中，婦人端坐在矮桌前。

婦人面對著的牆面上還有未褪的香料，那是一整片書寫著對於起源之神敬意的圖文，以此請求神靈憐憫、帶領亡者進入宇宙，順利度過重重考驗回返母星，回到人類永恆的起始之地安息與長眠。

凱達斯特的起源神信仰，相信初代人們軀體已滅，但精神猶在，而這些起始者們將帶領死亡的新時代人們回到母星，返回人類的起始之地，靜靜地回歸與平和地逝去。

創立起源神教義的兩名初代起始者姊妹名爲「莎法」與「菲妮芬斯」，也是起源神教派的生與死的女神們；而起源至高神則是無名的光神。

傳說光神是宇宙中的領航神祇，帶領初代起始者們到達這顆星球進而活下去，有一說則是光神爲當初第一個發現星球存在的舵手，因爲地位低所以沒有留下任何姓名，眞正的身分完全無法追溯，連初代人們也沒有留下任何相關資料，只知道有人帶領他們到達，是所有初代人類的救命恩人；但因爲無法證實，所以也有一派學者懷疑光神不過也是杜撰，初代人類創造宗教時必須要有無形的存在作爲神，所以選擇以破曉的曙光爲神，就像母星古代社會一樣。

不管來源如何，光神與雙女神就被並稱爲起源三神。

部分初代人類們則昇華爲神之使者，每位都有各自帶領信眾度過宇宙長河的方式和性格。

當然，這就是後代人自己附會上去的各種傳說故事了。

請願之主則是晚於起源神，大約是第五代人類時出現的。

請願主大致上就是守護與庇護，教義和保護善者、懲罰罪惡有關，算是人類在經過一個時期後渴望能有無形力量幫助他們的體現。

起源神教義雖然也有禁止罪惡，但是主要還是提倡精神和死亡後的靈魂世界，人死亡後會因爲罪惡無法度過星河等等，立即性的處罰較少，所以才衍生出人類還活著時就會受到保護與遭到懲處的請願主教派。

因爲是起源神的變形教派，所以請願主的主神也是初代起始者，名爲「阿克雷」、教派的信仰主神，而初代的部分人們則成爲祂的神之使徒，負責懲處與守護人類。

有趣的是，有起源和請願，當然也出現了惡神。

雖然沒有一個標準，但是惡神的名稱在數百年前就已經被確立了，傳說中惡神降臨後創建了星球第八島、黑島，在科技進化中不斷與人類對抗。

但歷史上並沒有黑島的存在，大多是爲了強調起源神和請願主神話的編造罷了。惡神的名字現在也廣爲人知，聯盟軍將祂的名字用在令人煩惱的現象上——廣布世界的「莉絲」。

站在門邊等待婦人將最後一段禱詞唸完後，琥珀才踏進房中，將手上的端盤放置在一旁的桌面上。

「這一天果然還是到了。」淡淡地開口，婦人轉過身，神色平靜地說道：「沒想到時間比我們預算的還要短。」

「……」在一邊跪坐下來，琥珀很慎重地向婦人行了拜禮。

張開了手，婦人抱住了沉默的孩子，「總有一天，一定會有更多人幫助你。」

「我知道。」靜靜地靠在婦人肩上，琥珀慢慢閉上湖綠色眼睛，讓空氣中的淡香圍繞著他們，「我知道……」

「阿克雷會看顧著你。」鬆開手，婦人沾染了稍許香料，點在男孩的眉心上，「願主保佑。」

「願主保佑。」

等待婦人用完餐食後，琥珀才又端著空碗退出房間。

屋外傳來聲響，是大白兔在練拳時打斷了一些樹枝，還打破了一大塊巨石。那是之前其他商人送的景觀石，聽說不便宜……算了。

回到房間後，琥珀仔細鎖好了門窗。

強盜團闖進來時只搜刮了錢財和尋找他們想要的物品，但是並不知道，他們家藏東西的方式遠超過一般人想像，所以強盜根本找不到眞正重要的藏物。

移動了床鋪後，他將手腕儀器貼在地板上，相應的程式立即啓動，地板裂開了幾條光縫，一層一層地打開防掃描外層，最後露出了下方的圓形白石板。板上有著複雜的切割圖案，他很快地重新拼動圖案後，最後打開露出的是大型儀器的面板。

啓動程式，琥珀拿下手腕儀器，將青鳥轉給他那份珠子的內容上傳至私人主機中。

各式各樣的浮空投影立即跑出大量雜訊程式。

「好了，就讓我看看你們這些小丑跳的是怎樣的舞蹈吧。」

□

青鳥覺得自己眼神有點死了。

「妳看妳看，這條緞帶也好適合妳喔！」從滿臉笑意的老闆手上接過兩條不同花樣的緞帶，小茆不斷地爲他比對緞帶，「藍色和白色都很好看，可惜今天穿得比較樸素呢，不然可以打扮得更漂亮了。」

誰要更漂亮！

一個小時前被迫坐在這張華麗的蕾絲椅子上後青鳥就已經很想死了，接下來一個小時裡，小茆和堆滿笑容的老闆一直往他頭上、身上試綁蕾絲緞帶，他都已經想哭了。更該死的是黑棱那個明明是處刑者卻沒義氣的傢伙，一看到蕾絲店竟然就坐在外面等了。

轉頭看出去，青鳥甚至看見黑棱已經跟兩、三個大叔聊了起來，幾個人身邊還放著飲料杯，有說有笑地談得很愉快……他終於知道爲什麼很多女性商店店家都會在外頭擺放椅子了，根本就是給逃難的陪伴者使用的。

他也很想逃走啊！

比起坐在這裡，他更想回去陪琥珀。

雖然裝得好像沒事，但是琥珀現在還是很難過的吧……

不知不覺，店內的其他顧客也走得差不多了。

「那就幫我打包這十條吧。」

總算是等到小茆說出決定性話語，青鳥鬆了好大一口氣，從椅子上跳起來，正想連滾帶爬地衝出店家時，小茆突然一把抓住他的手，微笑地夾好，接著轉回櫃台，「我還想再選一些適合這孩子的配件喔。」

還有配件！

青鳥覺得自己不如現在眼睛一閉，裝死昏過去算了。

「唉呀，這孩子可是生面孔喔？」老闆笑笑地走出櫃台，拉上了門和帷幕，將外面瞬間坐正的黑梭擋住，「月亮們的小使者嗎？」

聽見這句話，青鳥立即戒備了起來。

「國王和王后忙著談情說愛啊，只好增加小使者了。」抱著青鳥，小茆在他的頭上磨蹭了下，「很可愛對不對。」

「難道外面剛剛一直在注意這裡面的男士就是代表國王的護衛嗎？」轉過身爲他們用玻璃杯倒了果汁，老闆支著下頷，很有趣地打量著帷幕外的身影。

「並不是。」小茆一秒冷臉，「那是別的地方跑過來的動物。」

「這個、這個難道是……」指著笑吟吟的老闆，青鳥瞪大眼睛，「傳說中的地下組織！正義使者的夥伴！」

「看起來我們的店家是在地上。」老闆摸摸青鳥的腦袋，「不過我們是國王的好朋友，以後在入侵聯盟軍系統時會幫忙清除掉妳的記錄呦。」

怎麼聽起來好像也是琥珀會幹的事情。

青鳥咳了聲，「所以你們也是……同組織？」

「不不，我只是國王私人交情的朋友，國王忙不過來時我也會兼著幫忙看顧些資料。」外表大約二、三十歲左右的女性老闆把漂亮的手指放在嘴唇前，「兼差性質。」

「黛安是普通人。」小茆接過打包好的緞帶，「以前是阿德研究團的隊友，研究團解散之後就在這邊開店了，如果未來臨時想找我們，也可以透過黛安聯繫我們，黛安是我們在這裡的駐點聯繫人。」

原來小茆突然硬要拉他出來逛街是有目的的。

這樣算被月神當作可信賴的朋友了嗎？

「不過這孩子還眞可愛啊，公主不如把小使者升級成小月亮吧，就這樣出道也很不錯喔。」

「對啊，妳也這樣覺得對吧！」握緊拳頭，小茆突然很興奮地說道：「每天每天看露娜和阿德放閃光眼睛已經夠痛了，出任務還自己一個人無限空虛！多個月影也不錯對吧！」

不要擅自取稱呼！

誰要當月影！

沒有人要當月影啊！

青鳥抓住頭髮超想大喊。

「小月光也不錯，看她頭髮多金燦啊。」用一種好像在打量什麼肉的目光看過來，黛安嘖嘖地上下掃視著，「多可愛的孩子，要是再打扮得粉嫩點，第六星區處刑者之星就非公主和月光莫屬了，一定可以打敗伊卡提安那個破支持會。」

沒有人叫月光！

這裡沒有人叫月光！

爲什麼黑梭還不破門而入啊！

就在青鳥想大喊救命時，一抹白線突然從他臉側飛射而來，他幾乎是本能反應閃身避過，還沒反應過來那是在幹什麼時，左側再度出現襲擊；再度避開時，就看見拿著整捲緞帶的黛安露出微笑，「不錯。」

接著那些緞帶像是自己有生命般，朝著青鳥左右飛射攻擊，雖然速度很快，但是青鳥躲得更快，連續不知道幾次之後，他突然看見正上方有白色網狀的東西罩下來，也不管臉頰一個抽痛，他馬上向後一翻，躲開了來自上方的襲擊。

緞帶編成的大網落空後，黛安有點遺憾地收回，「底子也不錯。」

「啊啊啊啊！不可以打臉啊！」心疼地衝過去抱住青鳥，小茆摸著他臉上的紅痕，「怎麼可以打臉呢！」

「什、什麼？」一時沒反應過來的青鳥呆呆地看著正在捲回緞帶的老闆。

「黛安在隊裡擔任的是阿德研究團的護衛。」接過藥物，小茆爲青鳥抹掉傷口，

「以前也教導過我們正規武術。」

「原來是女俠！失敬了！」回想起剛剛漂亮的出手，青鳥連忙掙脫小茆的懷抱，直接撲到櫃台前，「太帥了！剛剛那招是怎麼用的？妳不是普通人嗎？那該不會是傳說在母星失傳已久、一般人類都能用的硬氣功吧！」和兔俠的古代拳法一樣，都是幾乎已經沒人會的傳說中的傳說！但是兔俠的拳法還可以在影片裡看到，硬氣功就眞的是完全消失了。

傳說中母星的古代人類不但會使用硬氣功，還會隔山打牛，就算不是能力者也可以用氣功舉起車子、刀山火海來去自如，讓他無比崇拜古代人類。

「那是什麼東西啊。」黛安大笑了起來，「這月亮小使者眞是太有意思了，那只是個小把戲，只要使用特製的緞帶和手法，了解訣竅後就可以做得到喔。」

原來不是硬氣功嗎？

青鳥一秒失望了。

「先不說緞帶，剛剛看了妳的身手，雖然速度很快，但是不必要的動作太多了，反而會拖慢妳的速度和行動。」豎起手指，老闆搖了搖，「如果可以改掉這些缺點，起碼可以再快上個零點五倍左右。妳應該沒有受過眞正完整的訓練，只有跟學校那些不怎樣的教練或軍官學習吧。」

「眞的嗎！」覺得自己已經夠快，但是聽到對方居然可以看出自己的動作，青鳥睜大眼睛，整個人都快爬到櫃台上了，「女俠，可以教我嗎？」

「喔？妳有興趣啊？」

「有有有有有——」

連忙把青鳥從櫃台上抓下來，小茆抱著人開口：「黛安的課程都要從基礎重新學起喔，沒有十天半個月是不會進入狀況的，所以等青鳥有長假期再來約吧。」

「咦？要這麼久啊？」青鳥愣愣地看著老闆。

「從基礎開始矯正起喔。妳們這些長期姿勢不良的，要改掉慣性重頭來還是得花點時間，之後才是正式課程。」把玩著緞帶，黛安甩了下，緞帶立即像是有生命般地轉動著，「當然，這也包含在課程當中，有興趣歡迎再來。」

「我一定會來的！」

□

黑梭注意到氣味移動時，店內的兩人正好也同時打開門。

「事情辦完了？」

「唉呀，你還分辨得出來是友方啊。」小茆有點嘲笑地看著沒有衝進來店內的第七區處刑者，然後一把勾著青鳥。

「……即使你們自己不自覺，但是每種生物遇到危險時氣味就會有微妙的不同變化。」已經開始有點習慣女孩對不可愛存在的敵意，黑梭略過對方不客氣的語氣，稍微解釋了下，「我可以用這種方式判斷你們有沒有遇到威脅。」

「這還眞厲害。」青鳥雙眼放光地看著對方，沒想到野獸系還有這種能力，眞是超方便的。

「果然眞的是大狗啊。」小茆冷笑了聲。

「不過你們在裡面待那麼久，應該也有點餓了吧。」拿起放在椅子上的小盒子，黑梭邊和他們走在街道上邊打開，「第六星區的飲食和我們第七星區還眞有點不同，眞是有意思。」

「聽說第六星區和其他星區都不太一樣。」接過粉紅色的甜糰子，青鳥很樂意地向黑梭介紹著：「第六星區比起其他星區要來得和平很多，大戰前就已經是這樣了。沒有前面的星區那麼競爭壓迫，也不像第七區地處偏遠、軍隊不足還要抗制強盜，所以生活平穩，相對地在生活發展上比較多元。」

「的確，第七星區最頭痛的就是強盜團啊。」咬著帶有甜味的食物，黑梭看著非常忙碌的商業區，有些店家前掛上了花草和香料，這兩天許多人都在爲學院不幸的罹難者們祝禱著，街道上都帶著淡淡的香氣，即使如此，還是可以看得出來第六星區的人們生活步調相當規律和舒適，就算因強盜而實施了短暫的宵禁，人們還是可以很自在地上街逛街，這都是和平且駐防軍隊嚴謹的區域才會有的景象，「這裡眞的不錯。」

「對啊，就是因爲這樣，所以當初我家才會讓我在這邊定居，當然琥珀家也是，聽說琥珀也是從別的星區搬來的呢。」一講到琥珀，本來露出大大笑臉的青鳥不免有點黯然了起來。

摸摸青鳥的頭，小茆轉開了這個話題，「我想隔壁街也還有營業的，等等我們多買一點好吃的回去吧，今天晚上就努力地吃大餐吧。」

「在那之前，可能要先解決點麻煩。」按著鼻子，黑梭皺起眉，「複數的血腥味，轉角一百公尺左右，現在正朝我們的方向逼近，按照速度，約十秒之後會正面對上。」就算是再怎樣和平的地方，還是不免有罪惡啊。

黑梭話語一畢，街道轉角傳來了騷動與尖叫聲，然後是轟然巨響，建築物被某種大型物體硬生生地撞開了牆面，裝飾在街道上的雕花石柱整個被拔起，周圍行人嚇得四散開來。

「滾開滾開滾開——」

怪異的吼叫聲傳來，接著是石柱被扔飛了出來。

在那瞬間，青鳥踩踏了一邊的牆壁整個人翻飛起來，黑梭則是翻身撲開了來不及躲避的行人。

唯一不閃也不躲的小茆站穩了步伐，收握了拳頭，在石柱迎面砸上來同時，低喝了聲，朝著石柱中心重重揮出一拳。

重力加速度的衝擊力讓石柱當場折裂成兩段，分解開的柱體左右飛彈出去，分別砸

在道路上與另一邊的牆壁上，掀起一股煙塵。

站在燈柱上的青鳥簡直傻眼，如果事先不知道小茆有非比常人的恐怖力量，他完全會認爲這就是傳說中的硬氣功！

優雅地揮了下手，小茆順了順長髮，自在得好像剛剛打斷的不過只是塊餅乾而不是柱子。

煙塵的另一邊，出現了比她還要大上三、四倍的變形軀體，看起來有點像是人和青蛙合體之類的形體，後面跟著的是兩個同樣變形成怪異生物的同伴。「眞是醜陋的能力者，爲什麼可以變成這麼不賞心悅目的樣子呢……爲什麼不能像夜魅那麼美麗呢……」

原來除了又小又可愛的東西之外，她也喜歡像夜魅那種奇異美的存在嗎？

黑梭放開了救出的人，讓對方往安全處跑之後，有點苦笑地拍拍身上噴濺到的碎片和灰屑。

「第六星區的街道巡軍會在兩分鐘後全員抵達。」打開了儀器追蹤與倒數裝置，小茆有點挑釁地看著一旁的黑梭，「對於第七星區的處刑者如何處理街道上的小壞蛋，眞讓人拭目以待。」

「彼此彼此。」

看樣子好像不用他幫忙，四周路人也跑得差不多了，青鳥乾脆也就樂得蹲在路燈上看戲。

總是有些能力者不是什麼好東西，就像普通人也有好人和壞人之分。壞的能力者既當不成強盜，也無法厲害到反抗軍隊，就會開始欺壓善良百姓，像是搶奪錢財還是滿足於自己比別人厲害等等……五花八門的理由都有。就算聯盟軍的法律再怎樣嚴格，還是會出現這種人，這點似乎是現代或古代人類世界都難以避免。

「有人質。」留意到青蛙後面兩個同夥手上挾著一個小男孩，黑梭微微壓低身體。

「大的給我，兩個小的給你，小鳥負責人質。」將髮絲撥到耳後，小茆朝上面眨眨眼。

「收到。」

青鳥站起身。

第二話▼▼▼離去的強盜團

「全都滾開滾開！」

大青蛙撲上來時，小茆面色全然不改，一記重拳直進對方肥大的腹部，當場讓大青蛙張嘴噴漿，整個巨大的身軀受力往後飛去。

原本想衝撞人群而去的另兩名同夥瞬間煞住腳步，錯愕得不知現在是什麼狀況。

看準了對方靜止那刹那，青鳥趁隙鑽進去，搶過對方手上的小男孩往後跳開。在他躲開同時，黑梭擊倒了那兩名幫手，正想將其中一個先捆起來時，他猛然注意到對方身上的銀色物品，「有腐蝕武器！」

一聽到這句話，小茆也立刻退開。接著銀色的光從三個壞蛋身上飛射出來，在半空中炸開之後，散出很多銀色的液體，一接觸到地面後馬上蝕出一小塊凹洞並散出大量帶有濃嗆味道的煙霧。

摀住鼻子，瞬間眼睛花了一下的黑梭立即穩住身體，在霧氣中準確無誤地拽住剛剛的傢伙，然後朝對方膝蓋重擊，毫不留情地打碎對方的關節，接著追上了還沒來得及逃開的另一個傢伙，也同樣打斷對方骨頭之後，才退出強烈刺鼻的氣味當中。

「沒事吧？」放走了小孩子之後，青鳥連忙迎了上去。

「沒事，鼻子不通而已。」其實被嗆得還在暈眩，黑梭甩甩頭，稍微甩開些不舒服的刺痛感，「小茆呢？」

「沒看見……」

剛剛煙霧噴出後，小茆一看見沒有危險性，就又衝進去了。青鳥還沒看見女孩出現，正想等霧氣散開點進去找人時，巨大的黑影直接飛出來，飛過了黑梭與青鳥的頭頂，直接砸在一旁的路燈上。仔細一看是那隻大青蛙，不過已經被打回人形了，現在是個很壯碩的男人，眼淚鼻涕口水直流。

接著小茆從煙霧中跳出來，一把抱住青鳥揉捏磨蹭，「果然還是軟軟小小可愛的比較好。」像是要撫慰自己的精神般，女孩完全不客氣地大吃豆腐。

七手八腳阻止往自己衣服裡伸的魔爪，青鳥連忙衝出少女的懷抱，「巡、巡軍好像快來了！我們趁現在快跑吧！」算算時間，巡邏隊應該也快到了。

「等等。」把黏在路燈上的青蛙拔下來，黑梭抵住對方的脖子，「你們的目的到底是什麼？」他剛剛就注意到了，除了人質和一開始被攻擊的人受傷的氣味外，這些小匪徒身上並沒有任何搶來物品特有的突兀氣味。

「嘎……」青蛙張開嘴巴，發出破碎的聲音。

「快說。」抽出短刀，黑梭將刀尖放在青蛙眼前，「你不會想知道我們有幾種方式讓你開口。」

「有、有個男的給了我們一筆錢，要我們弄出一些騷動。」嘎嘎地掙扎想躲開刀尖，青蛙連忙說道：「不只我們，暗街很多人都拿了。」

就像是在印證青蛙的話，他一說完不到數秒，商店區另一端再度傳來喧譁騷動，接著炸出了煙霧。

「巡軍到了。」按掉手上倒數完畢的儀器，小茆抬頭一看，夜魅已經高速呼嘯而過，她乾脆扯著青鳥和黑梭，閃身進入附近的店家躲避。

幾乎在一進店家同時，巡邏隊就到達現場捕捉三個被打得亂七八糟的匪徒，接著領首的小隊長從腰包裡拿出圓形小筒往匪徒額頭一壓，幾名匪徒立刻發出淒厲的慘號聲，然後在地上打滾，很快就癱軟不動了。

「第六星區可以當場廢掉能力者啊？」看著隊伍的動作，黑梭挑起眉。

「嗯，通過認證的巡軍隊伍可以由隊長當場行使第六星區的條律，只要認定有重大危險以及狀況危急，隊長都可以馬上以藥物廢除能力者的能力，像上次沙維斯那種特別隊伍還可以進行處決，不用通過聯盟軍法庭。」小茆趴在門邊說著：「所以要躲快一點，這些經過認證的巡軍隊長都沒得商量的。」

「這比第七星區的巡軍彈性大很多。」黑梭的目光追著那些被隊伍拖走、已經被癱瘓的能力者，「第七星區在正常狀況下，必須經過法庭審判或高階軍官核可，才能決定如何處置。」

「對啊，我們這邊對於街道安全很重視的。」青鳥一起幫忙導覽。

「咳咳。」

屬於第四人的聲音從後傳來，三人動作一致地回過頭，看見年輕的店家老闆朝他們微笑，「幾位能力者，如果不介意，可以請從後門離開嗎，我也擔心被巡軍找麻煩。」

抬頭，他們看見的是藝品屋的招牌，店內全是高級易碎的收藏品，穿著制服的青年有禮地微笑著。

「打擾了！」

「呼啊！嚇死人。」

跑出藝品店後，黑梭看著騷動漸漸平息的街道，那些煙霧也都散得差不多了，他還著手，心情有點愉快地跟著兩個小的轉往其他街道，「第六區還眞有意思，一般人似乎也不擔心我們會對他出手。」

「第六區的能力者其實不少，但是大都很安分守己，除了盜匪之外不會對普通人出手。」小茆抱著青鳥，高高興興地走著，「所以大部分處刑的目標都很明確。」

「第七星區不是這樣嗎？」青鳥好奇地看著後面的青年。

「不，雖然第七區的民風純樸，但是因為軍隊不多，所以相對地強盜團與海盜團的數量就多，聯盟軍無法有效處理這個問題。」黑梭苦笑著解釋，「因爲受到各種迫害，所以能力者們也紛紛出面，人人想盡辦法要改變現況，卻也同時和聯盟軍敵對，形成了三方抗衡的狀態。兔俠主要處理的部分就是強盜、海盜團，我們盡量避免和聯盟軍正面衝突，所以常常被攻擊。」

「第七星區高強的能力者也不多。」青鳥吐吐舌，「只有兔俠跟曼賽羅恩。」

「是的，處理聯盟軍方面的曼賽羅恩是個人行動，並不是組織，所以人力就更少了，雖然有其他能力者，但是到第六區泰坦或月神這種程度的高階能力者非常少。」有點苦惱地環著手，黑梭說著：「而且長期打不死兔子，其實聯盟軍已經有點遷怒了，對於捕捉到的處刑者都相當不留情，幾乎都是廢除能力和死刑兩種，造成第七星區的人手急遽減少……當然也和部分聯盟軍勾結強盜有關係。」

「說到勾結，這邊……嗯……算了。」微笑了下，小茆中止起頭的話，然後抱緊青鳥，「不管是哪個星區，總是有聯盟軍和強盜勾結呢。」

「這也是沒辦法的事，畢竟有利益就會有人想要合作。」黑梭已經看太多了。

「是啊……」小茆嘆了口氣。

「不過！我們還是要堅信正義必勝！」抬起頭，青鳥朝天空大喊：「不管怎樣都一定會贏！」

黑梭就是勾起笑，沒講什麼。

「啊啊，果然還是天真可愛的小東西最棒了。」用力揉著青鳥的臉，小茆在他額頭上親了下，「眞希望妳永遠不要變啊。」

誰要永遠不變啊！

我要變高啊啊啊啊啊——

青鳥在內心不知道第幾次大喊了，但是看來不管是起源神還是請願主都沒聽到他的心聲，反而好像還被作祟一樣根本連長都不長。

「對了，琥珀交代的東西要送到哪邊去？」剛剛在商店街，黑梭因爲完全不想跟著進入女生們的混戰，所以一直都是在附近等待、順便收集街邊的情報。

「啊，差點忘記，要送到北街，很近，從這邊走過去一下子就到了。」其實青鳥也不知道琥珀爲什麼要他送一個小盒子到雜貨店，他看來看去也看不出那個盒子藏有什麼東西，就是個非常普通的白鐵小盒，裡面只裝了一小搓香料。

「嗯。」

□

抵達北街，一群人馬上就找到了琥珀所說的雜貨店。

那是間很小的舊式店家，門面和招牌也都小得差點被他們忽略，因爲琥珀似乎還有

交代什麼，所以青鳥就拜託其他人稍微在外面等一下，自己鑽進那小小的奇怪店家。

本來就對黑梭沒有興趣的小茆，當場直接轉頭跑去附近可愛的店家逛了。

等她回來時，看見黑梭蹲在附近樹下，正在和幾個小孩子玩。

原本商店街就會有滿多小孩，遠一點則是母親們在公用椅上聊天，不時用視線確認孩子的安危。

從附近商店買來一袋子的零食，黑梭蹲在地上和那些孩子玩著問答遊戲，中途還有個別點名，整群小孩都玩得很樂，還不斷搶著舉手回答問題。差不多玩了一會兒、零食也發完之後，玩過癮的小孩們才各自跑回母親身邊。

「你很喜歡小孩子？」在對方拍著衣服起身時，小茆晃過去順口問道。

早就知道女孩已回來在附近盯著他們看，黑梭咧了一笑，露出有點孩子氣的虎牙，「我以前算是大家庭的小孩喔，雖然妳大概看不出來。」

「啊？很多嗎？」的確是看不出來，小茆上下打量了下青年。

「唔……全部的兄弟姊妹們加起來有二十幾個左右吧，我以前住的地方不管有沒有血緣，附近鄰居親戚們年紀相近的小孩都會混在一起，有時候吃睡也都在一起，和親兄

弟差不多。」伸出手指，黑梭告訴瞪大眼睛的女孩，「眞正有血緣的弟弟妹妹們一共有四個，我是長子。」

「那、那是怎麼回事啊？」完全不解爲什麼會是鄰居小孩全部混在一起，小茄愣愣地看著對方。

「啊，忘記你們這邊環境比較好。」擊了下掌，黑梭突然理解對方爲何會露出錯愕表情。「我住的那座小村莊是外城邊界，和妳住的外鎭區有點像，但是偏僻很多，也離中央地帶很遠，交通也沒這麼方便，村裡只有幾位聯盟軍，很常遭到強盜團或海盜團的攻擊，大人們抵禦盜匪時，小孩會全部躲在避難區裡，比較大的要照顧小的，所以我們常常吃睡在一起。附帶一提，我們家全都是正常人類，只有我是隔代遺傳的能力者。」

「原來如此。」小茄點點頭，立刻明白對方的意思，「我沒有和那麼多人相處過，我一直都和露娜在一起。兄弟姊妹好玩嗎？」

「說好玩……就是彼此互相照顧吧，在那種環境下，如果只有自己就太可憐了。」

「那麼跟我和露娜差不多……等等，既然你有這麼多家人，你還加入兔俠？」微微皺起眉，小茄有點擔心地開口，「很危險的，我們獨來獨往就是不想牽連到其他人。」

「……他們不會介意的。」勾起笑，黑梭拍拍小茆的頭，「放心，聯盟軍找不到他們。」

一把抓下對方的手，小茆無視黑梭瞬間扭曲的臉，「我並沒有擔心，不要隨便亂摸我的頭，我只想讓可愛的小東西碰我。」

好不容易掙脫那和鐵鉗沒兩樣的手指，黑梭甩著差點被折斷的手，「哇塞，妳的握力到底有多少啊。」他瞬間還以爲骨頭會被折斷，居然比被兔子打還痛。

「不知道，我認眞一用力，測量儀器就壞了。」小茆咬著手指想了想，「露娜也是這樣，所以眞的不曉得，不過目前還沒有特別需要用盡全力的地方。」

「……」那瞬間，黑梭決定以後絕對不要觸碰女孩任何地方。

拍拍頭，小茆順了順長髮，「但是話說回來，既然你有家庭也有村莊朋友，爲了什麼會走上處刑者這條路呢？總不會和小鳥一樣是因爲正義和愛吧。」

「倒沒有那麼青春陽光，那妳是因爲什麼原因呢？」沒有正面回答，黑梭反而環起手，笑笑地反問對方，「我記得露娜是因爲不甘心蕾娜協助森林之王，但是妳們應該也不僅僅爲了這個吧？每個能力者選擇處刑者之路都有自己的理由，對吧。」

「我沒有特別的理由，因爲露娜想當，我就陪她了，從以前開始到現在都是這樣。」小茆偏著頭，漂亮的大眼眨了眨，「露娜很怕一個人，阿德不能長時間在外面，所以我不和她在一起，還有誰可以和她在一起。」

「這樣啊……」

「那你——」

「你們在聊什麼啊？」

正想好好逼問一下第七區的，才剛開口，就被打斷。一轉頭，馬上看見青鳥從那間小雜貨店出來，她立刻放棄和大型的講話，直接撲過去抓小孩，「沒什麼，妳好久。」

「對不起，我也不知道爲什麼會那麼久。」青鳥有點抱歉地看著等很久的兩人。

「遇到什麼麻煩嗎？」黑梭一直在注意店內的變化，但並沒有感到什麼危險，原本以爲是琥珀交託的東西太麻煩了，所以要花比較多的時間。

「也沒有，只是等他們輸入等了很久……啊，一開始還坐在裡面等一個老爺爺，說是店老闆，等了有一會兒才來，接著他們在下載盒子上的資料，所以又等了很久。」青鳥原本也想出來店外先和他們打一下招呼，但是店員希望等整個資料確定無誤後他再

離開，說才不會有什麼問題。他也不懂先出去會有啥問題，最後下載完後也沒跟他講什麼，禮貌性地感謝他把東西送來之後，就讓他離開了。

「既然有順利送到，應該也沒問題吧。」看了眼拉上大門的店家，小茆想著改天要讓阿德查看看店家底細，就這樣勾著青鳥往下一個目的地出發。「那就讓我們向食物出發吧！」

接下來他們就在充滿各種食物的街道上大肆採購了番，同時也到處聽見店家們繪聲繪影地說著今天盜匪突然跑出來搗亂、又馬上被巡邏隊伍殲滅的事情。

一趟走下來，光是這邊的街道就打聽到約三、四組盜匪發神經同時衝出來大鬧，但是影響都不嚴重，等巡軍掃蕩過去後，店家又照常營業，沒有特別傷亡發生。

他們在路邊的聯盟軍頻道影像上看到播報，大致上就是說今天各區域都反常地有盜賊在擾亂民安，讓民眾外出時特別留意周遭安全，宵禁之後不要出門，聯盟軍隊伍也派遣了更多人手巡守街道安全，民眾只要發現有異常之處，請盡快通報聯盟軍處理。

同時也發布了警報消息，因爲今日搗亂事件太多，所以持有認可的一級巡軍只要捕捉到鬧事的能力者，將當場處置並強制廢除能力者力量。藥物廢除有極高的風險和強烈

的副作用，可能會導致能力者終身殘疾，請能力者不要以身試法，維護治安是所有人民的責任。

目前的狀況都還在聯盟軍的掌握當中，所以民眾也不用恐慌，照平常生活即可。

「看來第六區的街道治安做得很好。」黑梭仰頭看著夜魅隊伍再度高速飛過，說道：「這麼多分散騷動都可以極快地掌握與處理。」

「……但還是不太對勁呢，那個醜蟾蜍說有人給他們好處，所以他們才會鬧事。」支著下頷，小茆思考了半晌，發了一些訊息給阿德，「總之，天也快黑了，宵禁時間快要到了，我們就先回去吧。」

回到山上的屋子時，宵禁正好開始。

青鳥遠遠就看見屋子旁有棵斷掉的大樹，接著黑梭就說那一定是兔子失手打斷的，害他驚訝很久。

然後，天黑了。

□

回家後發現琥珀居然關在房裡睡覺，青鳥花了點時間才把他學弟弄醒吃晚餐。

扣除不吃東西在旁邊打坐的大白兔，黑梭和小茆已經把桌子整理得很乾淨，買回來的各種食物也都擺盤好了，看起來非常豐盛。

「有很多你愛吃的喔……阿姨的份我們也都裝好了，阿姨說要在房間裡祈禱，所以等等再端上去。」把琥珀按進位子上，青鳥很殷勤地幫他添飯擺筷子，「多吃一點才會長高。」

白了他學長一眼，琥珀才開始動筷，「街上是不是不太安靜？」

「你有聽到新聞吧，有很多小盜匪出籠作亂。」黑梭點點頭，「可能幕後有人在指使這些傢伙，不知道什麼目的。」

「在下也在思考這件事。」大白兔晃了晃耳朵，一整天鍛鍊身手的同時，不斷聽見來自聯盟軍公眾頻道的呼籲和即時新聞，看來有很大的問題潛藏在背後。

「不用奇怪了，下午我在監聽軍方通聯時，大概知道是爲什麼。」還是覺得很睏，琥珀有點沒精神地咬著蝦子，「軍方的通聯上有提到那些白痴盜匪把街道弄得一團亂、讓他們的隊伍疲於奔命時，朱火的強盜們已經在下午離開第六星區了……駐海聯盟軍部發現有朱火底下的海盜船來接應，包括有火焰圖騰的兩人在內，在將附近固守的聯盟軍殺光之後，迅速進入海域，這件事情被封鎖爲最高機密，一般民眾都不曉得。」

話一說完，在席的所有人立刻安靜下來，各自盤算著不同的事情。

早就料到會這樣的琥珀在大家沉默之際多吃了兩隻蝦子，然後扒了飯，再繼續吃蝦子，等到他旁邊堆起蝦殼小山後，大白兔才打破寂靜。

「那麼，在下眞的必須離開了。」畢竟來的時候原本就是意外到來，他和黑梭還在思索離開的方式，沒想到現在已經迫在眼前。

「雖然有點可惜，不過這是理所當然的事情吧。」

一邊挾著菜放到青鳥碗裡，小茆很自然地開口：「畢竟第七星區的處刑者是追蹤朱火強盜而來，現在目標物離去，也該想辦法回去和兔俠其他團員聚合。只是可惜了時間這麼短，不然可以請教一些第七星區特有的追擊方式呢。」

「沒錯，得盡快回去第七星區了。」黑梭和大白兔交換了一眼，「那幾個強盜一開始的根據地就是在第七星區，我擔心他們離開之後還是會往第七星區回去，我們其他的朋友會應付不來，曼賽羅恩那個傢伙自己也不可能單獨對付整個強盜團。」

大白兔點點頭，接著突然想起另一件事，今天他留下來，原本是想找眼前的少年說這件事情，但對方啪地關上門，他就一直沒機會和對方私下說。於是他晃了晃耳朵，轉向了琥珀，「對於發生的一切，在下實在對你們感到十萬分的抱歉，如果不介意的話，希望琥珀小朋友能與你的母親隨在下一起回第七星區，在下會安排最好的……」

琥珀抬起手，阻止對方繼續往下說：「不用了，謝謝，這件事情也和你們無關，我家的事不需要外人插手。」

一旁的青鳥本來想要抱怨個兩句，順便勸勸他學弟，畢竟能得到兔俠的照顧和保護絕對是好事，但才張開嘴巴他就覺得好像哪裡不太對勁，他很少看到琥珀這麼清楚地拒絕別人來做切割，明明他父親的死和兔俠還有自己都脫不了關係，可是琥珀卻給他一種要清楚切割與他們無關的感覺。

他實在說不上來那種怪異的突兀感到底是怎麼回事。

不讓大白兔有重提的機會，琥珀將話題轉回原本正在討論的事情，「既然要回去，你們已經找到方式了嗎？」他們是跟著飛行船來的，某方面來說算是偷渡客，並沒有正

式進入第六星區的核可，站在街上被巡軍拖走都屬正常。

既然是這種身分，要走一般正規管道回去是不太可能的。

「必須快點弄到船票回去第七星區才行。」黑梭把玩著漂亮的彩繪筷子，思考著各種方式。

「先不說身分敏感，這種時間點要弄到船票很難吧。」小茆聳聳肩，「加上你們又不是第六區的住民，無法搭乘星區限定的區域船，可能要請阿德想想辦法去弄船票了。」星區限定船是短距離航線，由軍方船提供少許座位給該星區的民眾申請使用，在軍方巡航時可以順道載居民到附近小島上辦理事務，但是搭乘規定相當嚴格，首要資格就是一定要是該星區的人民才可以辦理，之後的認證手續之繁複就更別說了。

而且搭到小島上後，先不論合法或非法，要想辦法找到民營船轉航出去也是另一個問題。

看著幾個正在傷腦筋的處刑者，青鳥歪著頭想了一下，雖然不是很喜歡做這種事情，但是幫助英雄好像是每個好百姓應該做的事情，「船票的話，我應該可以……」

「琥珀，你帶他們上船吧。」

就在青鳥冒著種種可能發生的風險、想要用自己的關係提供船票時，另一個聲音就從樓梯口傳來，正在討論的幾人看過去，意外看見琥珀的母親從樓梯走了下來，有著藍眼睛的婦人臉色非常平靜，好像什麼事情都沒發生過一樣。「後天芙西靠岸，你帶他們搭上芙西，回第七星區吧。」

正在戳蝦子的琥珀皺起眉。

快步跑去扶著婦人下樓，青鳥有點意外，「阿姨妳有辦法讓他們搭上芙西？」芙西是聞名七大星區的船隻，速度快、載貨量大，還有最強的護船隊，一般只有權貴商富才搭得上去。

婦人淡淡地笑了下，「我們畢竟是有點小名氣的跑貨商人，這點關係還是有的，用我丈夫的船票就可以了，雖然人不同，但是理由什麼的搪塞一下，不會有人追究的……琥珀，可以嗎？」

「不可以。」琥珀也回得非常快速。

「我們兩個一起送他們回去嘛，我也有可以搭芙西的船票和證明。」青鳥馬上推了琥珀一把，「在這種時刻，一定要站在正義的一方協助他們，不然那些壞人又去第七星區，像我們這幾天遇到的事絕對會再上演，我們不能眼睜睜看著壞人逍遙法外啊！」

「那、學長，你、去、送、啊。」直接掐住青鳥有點嬰兒肥的臉頰往左右拉開，琥珀非常咬牙切齒地說。

「咕唔唔唔唔——」青鳥發出掙扎聲。

看著自己的孩子，婦人無奈地勾起唇，「琥珀，送人回第七星區後，你到那邊的荒地聯絡站一趟，請他們將你父親的死訊帶過去和送交物品，第六區的我會過去處理。」

「阿姨和自由行者認識嗎？」這次換成小茄訝異了。

「不算太熟，只是有業務上的往來，約定好的事情沒有辦成，一定得送訊過去解釋，我們也不想和自由行者有糾紛啊。」婦人露出一絲微笑，「走一趟吧，孩子。」

琥珀皺起眉，抿著唇，過了半晌才點頭。

「芙西上有我們的老朋友，我想應該不會有什麼太大的問題。」走到客廳後，婦人打開了自己的儀器，和琥珀的手腕相碰，將資料傳輸過去。「青鳥的話，去看看也好，你自己有方式能夠來回的吧。」

「有！不用擔心我這邊！」青鳥馬上點頭，「完全沒問題。」

「既然如此，你們整理整理，芙西靠岸後就盡快出發吧。」摸摸琥珀的頭，婦人友善地向客廳中的其他人微笑，「第七星區的朋友們，請不用擔心我們母子，對於意外這樣的事情，在跑貨時我們都已經有心理準備了，畢竟海上比陸地上更危險，我們能夠自己調適和處理……所以請各位不用再擔心了，我們眞的沒事。」

雖然看得出來婦人很勉強，但黑梭等人還是選擇了沉默來接受對方的好意。

「……所需物品和行李就請自己隨意看看吧，讓琥珀帶你們去倉庫找找，說不定能找到什麼有用的東西，有需要的就直接帶去吧。」

□

「夫人眞的是位非常心胸寬廣的人。」

在吃過晚飯、婦人回房休息後，琥珀領著幾個人往非常隱蔽的地下儲藏庫走。

儲存庫建立在房外的森林下方，同樣有防掃描的防護系統，所以當初強盜團完全沒有發現。

邊走大白兔等人就在後頭低低聊了起來。

「嗯啊，琥珀的爸爸、媽媽都是好人，我也常常受到照顧。」青鳥咧了笑，「常常帶有趣的東西給我，還有很多英雄的影片和物品。」

但是……

一想到把他們牽連進來，青鳥就感到無限的愧疚和難過，如果不是因為他，琥珀的父親就不會死了。他是能力者，而對方只是一般人，和遭遇強盜劫禍的學校不同，這是為了他而犧牲的人。

他一直很擔心有普通人因為自己而遭到不測，從來到第六星區失去某些事物之後就是這樣，但還是避不開。

走在旁邊的小茆抱著青鳥的手臂，然後拍拍他的頭表示安慰。

沿著樓梯走了一段，他們在地下一扇非常不起眼的小鐵門前停下，琥珀熟稔地打開密碼門，眾人才發現鐵門後的空間比想像中還要廣大。

比起地上的居住木屋，下方的儲藏室顯然有房舍的兩倍空間……或者更大，裡面有十多個大型架子與櫃子，排列得非常整齊又乾淨，看過去就像是展示櫃般相當清楚。

「這、這實在太驚人了。」在地底燈光亮起後，黑梭看著滿倉庫的物品，眼神都發直了，貼在最近的櫃子前，「竟然會有這種少數人才弄得到的軍方零件……啊！還有這種罕見的纖維布，這個拿來做輕化隔離防具非常有幫助，北海一直在找這個東西……」

雖然很想出言諷刺一下他的大驚小怪，但在看見小茆和大白兔也都貼到櫃子前時，琥珀硬是把話給吞回去，「這沒什麼，都是一般的貨品，裡面還有更多，比較稀少的都放在更裡面的保險室裡。」

「你的父母一定是非常知名的跑貨商。」小茆咬著下唇，有點疑惑地想著自己這邊有往來的名單，「奇怪了，爲何沒有聽過呢？看來是必須透過管道才能交易的類型，沒想到阿德居然沒有發現……這裡有太多我們之前想要卻沒有找到的東西。」

琥珀看著幾個人，思考了下，「有需要什麼就拿走吧。」

聞言，眾人立即回頭，不管是黑梭還是小茆都訝異地看著說話的少年。

「不用問過阿姨嗎？」看著一點都不支持英雄的學弟，已經來過很多次的青鳥瞪大眼睛。他知道自家學弟也清楚倉庫這些物品的價值。

琥珀搖搖頭，「我母親剛剛不是說過嗎，帶你們來倉庫，有需要的東西就帶走。」

這也意味著不管這些人要什麼，都可以帶離這個地方。

「這太不好意思了，我會請阿德開單付款的。」小茆連忙開口。雖然不是很喜歡少年，但是該付的還是要按照規矩。

「如果可以的話，請讓我們也下訂吧。」黑梭和大白兔也走了過來，「太驚人了，我們找不到的東西在這裡都有。」

琥珀皺起眉，一旁的青鳥馬上抓著自家學弟的手腕，在對方火大前先搶白：「這樣好了，想要啥現在就一起打包吧，回去之後再派錢過來就好了，反正大家都可以聯繫嘛，我和琥珀也隨時可以找到人啊。」

「那就這樣吧。」

接下來很長一段時間，大白兔等人就都窩在倉庫裡挑選物品，後來琥珀乾脆也把保險室打開，裡面的東西引起了處刑者們更高的興趣。

於是，就這樣，很快地到達了芙西即將靠岸的時間了。

第三話▼▼▼佩特的黑島

兩日後。

在小茆返回住處的同時，青鳥幾個人加一隻布偶正站在第六星區的港口區。照例揹著大白兔的青鳥看著巨大的港口城鎮。

在沒有飛行器的年代，船隻就是主要的跨區移動工具，包括了轉運物資在內，港口必須要有非常大的空間與具備良好的停泊、運輸功能。

幾年前來過一次的青鳥看著拓寬的街道，不由得也倒吸口氣，「又變大很多了。」因爲有著眾多往來過客和貿易活動，港口區同時也是非常大的貿易集中鎮，聯繫著海港，隨處可見就地進行買賣的攤販，以及各式各樣讓人眼花撩亂的商家，更多的是剛下船隨即進行吆喝交易的新鮮物品，從第一星區到第七星區的物件都有，只要手腳快、眼力好，識貨者都可以搶購到很有價值的商品。

「我們家的店在這裡，請稍微等一下。」領著一群人，琥珀在一間巷內的小店舖前停下，便逕自鑽進沒有開張的小店裡。

過沒多久，就看見他又原路走出，手上拿著很多小小圓型的物品。

「這是要做啥的？」青鳥看著那些藍藍綠綠、很像是寶石的小東西，有點好奇。

「兔子他們不是要帶很多零件回去嗎。」看著黑梭身後的大件行李，琥珀說道：「這樣得申請隨船貨運，但是我們並沒有事先提出申報，所以準備一些手續費，以免不必要的麻煩。」換句話說，就是要準備一些檯面下的過路費。

青鳥似懂非懂地點點頭，雖然不是很清楚爲什麼要準備一堆手續費，不過既然他學弟都這樣做了，那八成就是有必要……等等，但是搜刮他家的店算正常嗎？

「眞是太麻煩你了。」

黑梭推了推裝飾眼鏡，說道：「不過沒想到你的手藝這麼好，我到現在還有點不太習慣這個假身分咧。」

看著玻璃上倒映著的自己，黑梭還是覺得很奇妙，在那端倒映的不是自己的臉，是經過少年化妝之後，略有改變的陌生臉龐。

雖說不像他原本的樣子，但隱隱約約還是有自己的臉型輪廓，本來黝黑的皮膚也全都被蓋掉了，現在的膚色就和一般人差不多，是很健康的普通膚色。

他還以爲少年只會把另一個小孩子弄成美少女，沒想到還可以改裝得這麼徹底。

黑梭突然覺得背脊有點涼，他對大美女只有觀看的興趣，沒有自己當的打算。

「這沒什麼。」看了眼青鳥，琥珀淡淡地說道：「你們先去港口的店家休息吧，我去芙西的辦事所處理上船的事情，等結束後再聯繫你們。」

「我跟你過去，這個應該也是要一起送進去吧。」

「不用了，少露臉少穿幫。」拒絕了黑梭的同行，琥珀接過有點沉重的行李，隨手招來人力車，「待會兒見了。」

「小心一點喔。」看著爬上人力車的學弟，青鳥不免多講了句。

琥珀揚揚手，很快就離開了。

「那現在就剩我們三個。」黑梭看了眼旁邊的少年，他還是揹著大背包，裡面裝著僞裝成其他布偶的大白兔，「難得到第六星區的港口，就隨意逛逛吧。」

前幾日莉絲爆炸後，雖然一般民眾已經漸漸平復下來，但港口仍出現了比往常還要多的人潮，大多數都是想要暫時先到其他星區避難的人，也有部分是急著想要找到更好防具來保護自己。

一眼望去，貿易區人塞得滿滿的，光在外圍看就覺得擠進去很困難，想出來可能都還不一定擠得出來。

看著都是人的街道，青鳥連忙搖頭，「我去店家等你們好了，兔俠應該也比較想到處看看吧。」說著，他解下大背包遞給黑梭，「那就約白森林會合吧，就在二號港口旁邊，很顯眼的。」

「好，那就等等見了。」接過大白兔背包，黑梭很隨意地往後一甩，就這樣消失在可怕的人潮當中。

短短的時間裡，大家各自散去。

剎那間，青鳥感覺到似乎有點失落，不過馬上就打起精神，總之等等大家還會再會合，他就繞開主要道路，先去店家找東西吃了。

港口非常熱鬧。

除了打算避難的人潮，這裡的活動似乎也沒有因爲莉絲爆炸而受到影響，路邊幾家酒店依舊很熱鬧，來自各方的人們坐在吧台桌前，桌上全都放著有著白色泡沫的酒杯，幾樣小零食就足夠讓他們開心地聊個不停。

靠岸之後，水手們下了船也都是聚集在這類地方，不是犒賞自己就是尋求著女孩子替自己製造些美好的一夜。

青鳥和這些地方也無緣，一走進去馬上被當成小孩趕出來，所以他還是摸摸鼻子往一般店家走去。

就在這麼打算的時候，一間叫作佩特的酒吧突然傳來了吵鬧聲，原本在表演歌舞的女孩們也不約而同停下動作，眨著塗有各色眼影的大眼睛看著這場騷動。

造成騷亂的是兩個青年，一個看打扮很容易就讓人知道他是水手，穿著典型的水手制式服裝、上面有代表船隻的圖騰，佩戴著短刀和一些代表幸運的小飾品，有著很健康的膚色，臉上有著長期曬出來的雀斑；站在水手對面的則是佩特的店員，穿著筆挺的店內制服，皮膚很白，長得也很好看。兩人年紀都很輕，大概不比青鳥大多少，現在正怒目相視，頗有要再對毆一輪的氣勢。

青鳥從圍觀人群裡擠出頭，也跟著好奇地看著左右兩邊，他們都各自被自己的同伴拉開了，不過還是你一句我一句地叫囂——

「如果你再侮辱老闆娘，我就讓你走不出第六星區！」店員指著對手，憤怒吼道。

「佩特說的黑島本來就不存在！我們航行這麼多年，每次都經過那個座標，就是沒看過什麼黑島！聯盟公布的星球區域也沒那個地方！佩特看到的根本不是島！」整張臉不知道是氣紅的還是有喝了點酒，總之水手滿臉漲紅地回喊：「我們船長說沒有就是沒有，你也是在侮辱我們船長！」

「你還說——」

兩個青年扯著被同伴架住的手，又想撲上前痛打對方。

「別打了！」

壓過人群和青年們聲響的，是女性的聲音。

青鳥循著聲音的方向看去，看見店外走來一名婦人，大概四十幾歲左右，外表看來不算年輕，皮膚顏色較一般女性還來得深，也有著一些細小皺紋，但卻有種迷人的成熟魅力與韻味，特別是她的服裝也和一般女性不太一樣，像是其他區域的特色服飾，讓人移不開目光。她一進來之後所有人都安靜了，「沒看到有小孩子在看嗎！吵什麼吵！」

然後所有人都把視線轉向青鳥。

「我不是——」又干他什麼事啊！

還沒等青鳥反駁完，青年們似乎也如此認同，就靜下來了，後方的同伴們也都鬆開手。

「工作不工作，竟然在吵架！」放下肩膀上扛著的沉重布袋，婦女瞪了眼還想說話的店員，「忘記員工守則了嗎！海特爾你今天不用工作了，去將所有物品都擦乾淨。」

「所有？」

「沒錯，所有，鍋碗瓢盆桌椅都要擦！快去。」

面對婦人凌厲的眼神，年輕的店員只好摸摸鼻子，咕噥著走進店後了。

接著婦人轉向那個船員，就在青鳥以爲對方是要講幾句話之際，出乎他意料之外，婦人突然直接一拳從對方腦袋上摜下去，「臭小子！久久沒有回來，一回來就是找你哥吵架抬槓，不想活了嗎你！」

「沒有啊！是他先一直在堅持黑島……佩特妳自己不是也說不確定存在嗎。」水手青年在看熱鬧的人群開始散去後，也發出了不滿的聲音：「這幾年我們在各星區的海域遊走，的確都沒看過任何黑島啊，所以我想妳說的黑島應該是不存在的，佩特當時撿到我們的地方，或許就只是某座無人的異變島吧。」

婦女環著手，看著青年半晌，嘆了口氣揉揉他的頭，「真相是怎樣，有一天會知道的，就算意見不合，你也不能和兄弟吵架，去後面找你哥吧。」

「好。」

□

「小朋友，你一直盯著我們的店，很好奇嗎？」

在水手青年走掉之後，婦人突然轉向還站在門口的青鳥，然後招手，「未成年我們是不賣酒的，不過倒是可以給你吃頓飽，進來吧。」

「我不是……」一如往常正想開口反駁，才講三個字突然就不想再解釋的青鳥只好把話吞回去，跟著婦人走到吧台邊的小位子，「你們剛剛在說什麼黑島啊？莉絲的黑島嗎？」

將貨品搬進去之後，婦人洗乾淨了手，開始幫青鳥準備食物，「黑島，我們都叫它黑島是因爲那是座全黑的島嶼，是不是傳說中莉絲的黑島我倒不曉得；附帶一提我是這裡的老闆，叫作佩特。」

名字的話，剛剛青鳥已經從其他人嘴裡確認了，於是他也報上自己的名字。

端出了果醬吐司和沙拉後，佩特開始聊起了所謂的黑島，「我年輕時，大概比你再稍微大一點吧，也是個海盜，那時候被聯盟軍通緝……沒錯，我是個能力者。」爽朗的婦人抬起了手腕，讓青鳥看見上面的聯盟軍釦環，這是一種壓抑能力者的配件，也是用來監督有前科能力者的儀器。

根據佩特所說，二十幾年前她還是一個小海盜團中的團員，就像其他海盜一樣掠奪商船，不過他們的團主是秉持不隨便傷害他人、只取錢財的主義，所以除了掠奪之外，倒是沒手染太多血腥。

「幸好也是因爲這個關係，後來被聯盟軍和自由行者擊潰捕捉時才還有命留著。」聳聳肩，如此說著的佩特又給青鳥倒了飲料過來，「大概是十五年前，我們躲避自由行者追捕時，因爲碰上了聯盟軍和強盜團對戰，整片海面都被能力者翻湧，而我們的船隻也被捲進裡面，不曉得被沖到什麼地方。」

「等我和船長清醒後，發現船已經徹底毀了，我們兩個就躺在一座黑色的沙灘上。和其他海岸沙灘不同，那裡眞的是黑色的砂，附近的植物也全都是黑色，看起來就像污染嚴重的異變島。你也知道莉絲爆發前的年代，星球被破壞得很嚴重，所以有一些異變小島還存留，黑島應該也是其中之一。」

關於異變島，有些學者也說可能是因爲大家想要逃避異變島出現的原因，所以就將異變島在宗教神話中給扭曲，變成代表邪神莉絲的黑島，眞正莉絲的黑島指的也可能就是那些污染島嶼。另外關於異變島，是在人類來到這邊、開始開發後才出現的，所以這部分的推測也是很有可能。

青鳥在學校也曾學過這些理論，不過到現在也還不能證實莉絲出現的原因就是。

「總之，我和船長很快就發現這座島嶼最好不要久待，異變島停留久了會對人體造成一定程度的傷害。幸好我和船長都是水系能力者，就算不用船也可以輪流使用特殊能力前往他處，正打算離開時，就發現距離我們不遠處有兩個人倒在那裡——是兩個小孩子，看起來狀況很不妙，都受了嚴重的傷勢。我和船長一人揹一個用最快速度離開那座詭異的黑島，結果發現周圍根本沒有可以治療和休息的地方，甚至連儀器都無法使用和定位，我們完全不知道自己在哪裡。」

「後來大概就這樣在海上移動了兩、三天，還根本搞不清楚方向，就遇到了聯盟軍的船隻，於是被逮捕了。」

佩特聳聳肩，「幸好那時聯盟軍還專注在對付強盜團，所以我們硬是編了理由，說我們是夫妻、兄弟倆是我們的小孩，就這樣矇混過關了，小孩也得到妥善的治療，我和船長只是被強制封鎖能力，待了幾年牢獄就被釋放了，後來領了那對小兄弟，就在這裡開了酒館。」

「就是剛剛那兩個吧。」青鳥不自覺又看了眼通往店後的走道。

「是啊，哥哥是海特爾，弟弟是波塞特，小波現在待在商船上，也有好幾年了，每次回來兩兄弟就是這樣吵。」

「那船長呢？」青鳥有點好奇，照剛剛這樣看，不管勸架還是圍觀的應該都是店員，並沒有像老闆的人出面。

「死了。」佩特這樣告訴他：「前幾年強盜團進到海港搶劫時，爲了保護別人，抵抗時被殺死了。沒想到當了半輩子的海盜，最後是因爲要保護一個受傷的聯盟軍被殺，看來命運果然很不可預料……不過那時候實在是太亂了，也造成不少一般人和能力者死亡，現在港口處還設有慰靈碑，小弟有興趣的話也可以去那裡看看。」

「好，謝謝。」

□

「海港的強盜事件，指的應該是四年前的那件吧。」

離開佩特的店，青鳥一邊往白森林晃過去，一邊和還在辦理手續的琥珀聯繫上，稍微描述了一下，對方果然告訴他：「也是和朱火強盜團相關，是他們一支隊伍犯的案。根據記錄，大致上是那支小隊爲了要給第六星區一個警告，於是趁夜攻進了港區，殺死不少人，也燒燬許多店家，當時聯盟軍死傷也相當慘重，學長應該也有些印象才對。」

「四年前……啊我想起來了，不過那時聯盟軍的公告新聞只說有強盜團侵犯海港，後來順利驅逐這樣。」不長不短的時間，但一講起來，青鳥差不多就回想起了細節。

那是很普通的事件，不管哪個星區都曾發生被海盜攻擊港口的案件，尤其第七星區還是海盜攻擊和衝突總數最高的星區。通常由駐港聯盟軍出動驅逐後就沒事了，所以除中央區有重兵保護之外，港區也會有一支強悍的聯盟海軍，主要就是爲了對付海盜團。

「聯盟軍似乎掩蓋了大部分眞相，不過當時我父母也在港區，所以得知實際的嚴

重程度高於一般人的想像。」琥珀頓了頓，將聲音壓小：「而且，那時候我入侵軍方系統，發現他們也找上不少操作型的能力者，將一些關鍵事項從人們腦中抹除，才沒有造成巨大恐慌，一般民眾似乎也認爲只是普通的強盜對戰而已。」

「琥珀，常常入侵軍方系統不是好事，不要說得好像課後娛樂。」看來他學弟的興趣比他想得還廣泛。青鳥以爲這次入侵只是爲了幫助英雄所做的壯舉，結果現在聽起來，他學弟根本平常沒事就在入侵聯盟軍系統吧，而且還入侵得很習慣。

「沒發現的話，是他們的錯。」一點也不覺得有什麼不對，琥珀這樣說：「保護防範做得太差勁了，肯定經常被強盜團襲擊。」

「琥珀你還是快點加入正義的一方吧。」

「我拒絕。」

然後通訊就被切斷了。

「眞是的。」關上儀器後，青鳥看著已經在眼前的白森林門口。說起來，這家店取名也很有意思，大家都知道第六星區有泰坦的黑森林，他偏偏就是取了白森林這個名字，而且玻璃門上還有大大的白色樹木剪影。

在港區，白森林雖然沒有黑森林那麼有名氣，但也小有客群。

青鳥剛到第六星區時，第一個拜訪的地方就是這家店。

那時候他還不滿六歲，和保母初至第六星區時實在是太餓了，沒等到保母領他去吃飯，就自己鑽進人家店裡找東西吃。

現在眨眼也都十五年過去了。

「喲，這不是青鳥嗎，好久不見啊。」廣闊的店內，一眼就看見來客的老闆從櫃後走出，很熱絡地寒暄著：「不是聽說學校炸了嗎，你也是要出航避難？」

對方是個很高大的壯漢，與白森林這種優雅的名字實在無法聯想在一起，剛硬的肌肉線條就算藏在衣服下也隱隱可見。與其說是餐廳老闆，不如說是軍人或是處刑者還來得更像。

「沒有，和朋友去第七星區辦點事情。」青鳥咧著大大的笑容：「最近有新的處刑者消息嗎？」

一聽詢問，老闆馬上露出同好的閃亮眼神，拉著矮小的青鳥在櫃台前坐下，還不忘讓服務生弄點吃喝的來，「可多了，最近又新出來幾個處刑者，很多都是小孩，被聯盟軍抓了不少。這幾年月神的名氣太盛，很多有點本事的小能力者都紛紛效仿。」

「有特別厲害的嗎？」跟著老闆一起眼睛發亮，青鳥很期待地發問。

「沒有。」

「嘖。」

接過服務生端來的茶食，白森林的老闆想了一下，「不過倒是有聽見沙維斯……就是那個實力強到爆表、身分不明的聯盟軍。」

想到灰白色頭髮青年，青鳥不由得抖了抖。

「聽說前兩天城中區商店街有強盜出沒時似乎碰了個釘子，除了月神之外好像也有新的處刑者出沒。」

很想驚恐地澄清他真的還不是處刑者，青鳥捂著臉，開始想後半輩子該怎麼辦了。

「來這吃飯的幾個聯盟軍小子都說沙維斯一回去就翻找資料，想抓出新的那個。」

沒看出青鳥的滿臉冷汗，老闆興致勃勃地說著：「不過竟然可以讓他碰釘子，想必一定是很厲害的新人……青鳥你幹嘛一直抓臉，很癢嗎？」

「沒有，我只是感覺到人生多變化。」沒想到踏進自己最喜歡的處刑者領域是如此刺激……驚悚。青鳥用力深呼吸一下，決定要好好調適，「對了，你知道那個沙維斯的來歷嗎？」看著眼前一樣是英雄同好的老闆，他問著。

白森林的老闆也是個熱血迷，很多處刑者的消息都能問他，在港口的小店鋪可以取得的情報遠比學生多很多。

「這個嘛……不太清楚，而且青鳥，雖然我們是同好，但有些事情不能隨便……」

「這些錢夠吧。」

就在白森林老闆遲疑之際，旁邊一人伸出了手，拉出儀器的影像上有串不小的金額數字。

青鳥轉過頭，看見單肩揹著大白兔背包的黑梭笑笑地在他身旁坐下，「就當是說個故事給我們聽聽，我也很有興趣。」

白森林的老闆看了看黑梭，像是在確認什麼似地皺起眉，「你們進來吧。」

黑梭搓搓青鳥的頭，於是兩人一起跟了上去。

老闆直接領著他們進了包廂。

那是個很隱蔽的位置，光是走廊就轉了幾次，然後下到地下室範圍，又走了一小圈

之後，最終進入一間有層層隔音的室內空間。

雖然隱約知道白森林老闆應該也有兼做販售情報的買賣，不過青鳥還是第一次見識到這種交易現場。

以前他和白森林老闆就只是單純的熱血同好而已。

但是現在卻已經不是那回事了。

關上門後，老闆又打開了防禦機關，這才讓他們在小室內的桌邊坐下，「青鳥啊，看不出來，我還以爲你只是熱血同好會的成員。」

「那是什麼奇怪的狂熱會啊？」黑梭好奇地看著一邊的小孩，「奇怪的聚會參加太多會長不大喔。」

「是支持處刑者的同好會啦！」青鳥白了對方一眼。

「這位是第七星區的處刑者吧。」老闆一改剛剛熱血同好會的面孔，正經了起來，「雖然有改妝，但輪廓骨架騙不了人。」

「跟琥珀講的話，下次搞不好會被削骨。」摸摸自己的臉，感覺到有點寒意的黑梭聳聳肩，「算了，既然你會講出來，就是不會和我們作對，那繼續剛剛的話題吧，那位沙維斯好像很有趣的樣子。」雖然不是第七星區的人，但他直覺這個人肯定有點什麼，還是先摸清底細較好。

「那說起來，你後面的背包……」

黑梭抬起手，止住對方的話，「賣情報者不該發問。」

「也是。」白森林老闆點點頭，轉身爲所有人都倒了茶水，「先自我介紹好了，青鳥也知道，我的名字是力摩，白森林的力摩。雖然比不上魯凱的情報網，但只要花點錢，我也可以告訴你更深入的情報。」

「那就，告訴我們沙維斯的事情吧。」

□

「琥珀學弟嗎？」

站在慰靈碑前，因爲青鳥的詢問而突然想繞來走走的琥珀聽到意外的叫喚聲回過頭，接著瞇起僞裝過的藍色眼睛，看著走來的人。

來的是前不久被強盜團殺傷的人，是同校的學長，之前武術冠軍的柏特。

當初在學院裡被救出之後他就沒再看過這個人了，只有盧林來訪時曾稍微提過一下對方也有獲救，被家族帶回治療之類的事。

「果然沒錯，我看樣子就很像，只是眼睛的顏色……」

「我不想在這種地方被打昏，然後拖上船運到其他星區賣掉。」冷淡地打斷對方的話，琥珀把視線移回慰靈碑上。

「啊啊，眞抱歉。」柏特爽朗地笑了下，「學弟也是要去其他星區躲避嗎？最近強盜團和莉絲的事情鬧太大了，我父親也要我先離開一陣子。」

記得柏特似乎是聯盟軍方某官員的兒子，琥珀想了想，「那就祝你一路順風。」直截了當地截斷對話。

他與柏特不熟，就是強盜團闖進來那天有牽扯而已，眞的說起來，他對這個好人學長並沒有什麼興趣。

說起學長，還是快點回去找青鳥好了，那傢伙剛剛突然問起港口的事件，也不知道想要幹什麼。

一想到在他不知道的情況下，他學長很可能又去熱血沸騰然後找來一堆麻煩，琥珀就覺得全身雞皮疙瘩都立起來，現在可不比在學校裡或是家裡，他們身邊又有通緝犯，必須要特別小心才行。

「請等等。」擋在琥珀前面，柏特露出有點困擾的神色，但還是維持著禮貌的溫和笑容，「你們應該也要搭乘芙西吧？」

「……你怎麼知道。」琥珀瞬間警戒了起來。

芙西的搭乘名單向來都是不公開的，能搭上芙西的人都有相對高等的身分，所以是絕對不可能將乘客名單外洩。

「請別緊張，我剛剛看到你從芙西的事務所出來，才跟過來的。」柏特抬起手，表示自己沒有惡意，「只是想說眞的很巧，我也是搭乘芙西，目的地是第七星區，說不定我們要去同樣的地方喔？」

琥珀看著比自己高了個頭的人，「喔，青鳥學長應該會很高興吧。」他學長就是喜歡這種高高壯壯、一臉好像會成爲正義使者的人；而且還是學院的武術冠軍，看來這趟旅程比自己想的還要麻煩。

本來就打算把人送上船後，把自己關在船艙不管他們死活，到目的地後把那些處刑者踹下去，馬上分開去辦自己事情的琥珀嘖了聲。

多一個人就多一種變化，真的很討厭。

「看見認識的人，琥珀學弟似乎不怎麼高興。」柏特苦笑了下，沒想到對方會把厭惡表現得如此清楚，甚至已經到有點失禮的地步了，「一般要前往陌生地方時，多一個熟識的人不是會比較安心嗎？」

「嗯，我和你也不熟，那就這樣。」一點都不親切的琥珀也不介意別人對自己的評價，總之他也向對方打過招呼了，青鳥要是鬧起來也有個交代，所以該講的講完之後，他也很乾脆地轉身就走人。

這次柏特沒有再攔他，就讓對方逕自離去。

也不知道對方是來幹嘛的，琥珀想想大概也就是打招呼，畢竟柏特好像也是學校中出了名的好人，武術好、對人也好，所以很多女同學都很崇拜他，身邊還有很多喜歡他的師長同學。

可惜，在強盜團前還是被打敗了。

不過總比不知死活的青鳥好，琥珀真誠地希望在把那兩個處刑者踢回第七星區前都不要再發生什麼事了。

花了點時間到達白森林後，已有點晚了，距離他們約好的時間過了兩、三個小時。

主要是在事務所裡花了太多時間，大白兔他們想帶回去的東西不太好處理，有幾種都是禁品，他又不是習慣跑貨和應付各種關係的父母，花了一大堆的工夫和口舌，好不容易才把全部物品託上了船運，還簽了很多保證書。

到達白森林時，遠遠就看見青鳥正朝自己招手，旁邊還站著揹著兔子的通緝犯雙人組。

「琥珀，你也太慢。」青鳥蹦跳地過來，「我打好幾次通訊給你耶！」

「喔。」

「喔什麼喔！人家在擔心的時候應該說下次不會了！」青鳥直接揪住他學弟很白皙的臉頰，往外拉，「快點給我改台詞！」

表情完全沒變的琥珀直接豎起兩根指頭，往青鳥的鼻子插下去。

「喂喂，你們倆不要在這種人來人往的地方表演插鼻孔和拉臉皮吧。」把兩個快要互插的小孩拉開，完全沒想到他們會在大庭廣眾下這樣做的黑梭咳了聲：「既然琥珀已經處理好貨物，我們也快上船吧，順利上船後，隨便你們要插鼻孔插喉嚨都沒關係。」

雖然芙西才剛靠岸，不過還是可以先登船休息，某方面來說，芙西上爲客人預備的房間還比旅館的房間豪華舒適。

雖然沒搭過，但黑梭也聽過這些事。

「先上去吃飯吧，我餓了。」摸摸肚子，放棄回插他學弟鼻孔的青鳥嘖了聲：「好幾年沒看了，不知道船是不是還一樣。」

「你以前搭過？」黑梭倒是有點驚訝，沒想到看起來不怎樣的小孩竟然搭過全星區最好的船。

「嗯，很久以前了，當時還很小，不過一直有印象芙西很漂亮又很大。」青鳥笑了一下，然後抓抓金髮，「其實我也可以用別種方式弄到芙西的船票啦，不過還是不要比較好……不太喜歡拜託到其他人。」

「也沒什麼好不行的吧，學長你的存款也不少，偶爾要他們做點事不過分。」琥珀冷淡地開口。

「這樣聽起來，好像有什麼祕辛可以挖耶。」黑梭揹著大白兔，和兩個小的一起走向港口，然後笑笑地閒談：「難道青鳥是什麼家的少爺嗎。」

「沒啦，就家裡比較有錢一點……」青鳥抓抓臉，有點尷尬，「不過我是脫離家裡生活，所以只有按時領到生活費，如果眞的有困難，開口應該也可以解決，只是不太想就是，他們也可能會不高興。」

這樣說起來也是，要追蹤處刑者和購買那些影片等等，也都是要有所花費。黑梭在心裡打點了下，估計眼前的少年應該也是出自頗有來歷的富裕家庭。

越是這樣的孩子，越不要讓他們扯入太深得好。

黑梭思考著，到第七星區後就分開吧，以後最好也不要再有聯絡。這次的事情已經超乎他們原本的預估，接受幫助搭乘芙西已經欠了相當大的人情，對身分是處刑者的他們來說，太深入的交往只會危害這些擁有好生活的孩子。

雖然這兩天相處下來，對他們也有些好感，有點可惜。

揹著的大白兔輕輕拍了他一下，應該也是和他一樣的想法。

正在思考這些事情時，停泊各種船隻的港口也越來越近了。遠遠的，可以看見巨大

的白色船隻出現在視線當中。

即使過了十幾年，與一般船隻設計不同的巨大白船依舊優美，一體成型的弧度與花紋就是最好的辨認招牌，到現在還沒有人能超越這艘船船體設計的技術，光是靜靜停泊在港邊，就給人一種不同於世界的寧靜與優美感。

曾有藝術家形容芙西是從幻想世界到來的精靈船隻，總有一天一定會航行在人類無法到達的地方。

靠岸的芙西也引來許多人的圍觀和注目，羨慕的視線不斷投射在船隻上的人。

雖然以前也見過芙西，但不管看幾次，黑梭還是覺得這艘船很美，就像高級藝術品一樣屹立不搖。

「哇！一點都沒變！」看著白船，青鳥興奮地衝過去，邊跑還邊比高度，「上次我搭乘時才這麼小——」

「原來學長你也沒長高多少。」這邊也是一個一點都沒變的。看著對方比劃的高度，琥珀深深感覺到世界的奧妙。

青鳥瞬間被擊沉了，整個人趴跪在港口邊，背景黑暗淒慘：「對……原來十幾年來我沒長多高……」他的心好痛。

「乖，小孩子就和吹氣球一樣，一下子就會變高變壯的。」黑梭搓搓青鳥的頭，繼續走到芙西附近瞻望。

琥珀蹲在一邊，「學長，難道他們還不知道你的實際年齡？」他都已經叫那麼多次「學長」了，竟然還可以如此無視，難道他們以爲學長是跳級嗎……他們在想什麼啊，學長怎麼可能跳級。

「好像是……」青鳥覺得更哀傷了。

「你乖。」琥珀跟著拍拍對方的頭，然後站起身，因爲青鳥的動作太怪了，已經引來芙西護船隊的注意，幾個身穿白色制服的人筆直朝他們走來。

注意到狀況，黑梭也立即靠了回來。

意外地，一看見青鳥，領著小隊的青年直接開口：「瑟列格先生，久候了。」

「咦？」青鳥愣了一下。

「學長，你認識？」琥珀也疑惑地看著似乎滿頭霧水的學長。

青鳥立刻搖頭。

「請不用緊張，我們隊長記得所有搭乘過芙西者的面孔，即使時間改變，大致上還是能夠辨認得出來。」微笑了下，青年領著幾個人看了白船上一樣穿有制服的中年男性，點了下頭，「既然幾位都是本次搭乘芙西的貴客，也請不用客氣，直接上船吧。」

第四話▼▼▼四年前的仇恨

「眞可怕，沒想到那個護船隊的隊長居然記住所有人的臉。」

被請上白色大船，經過檢驗身分與船票後，青鳥幾個人被送到船艙內的四人房，偌大的空間和裝飾都比一般客船來得好，精緻的擺飾光看就知道價値不菲。

「學長的臉應該沒什麼改變吧。」放下行李，琥珀若無其事地說著。

「……對不起，好像眞的沒變……」青鳥掩面蹲在角落。

將大白兔從背包拎出來放在一邊，黑梭悠閒地半躺在柔軟的床鋪上，「不過這房間還眞大啊，剛剛進來時我看到隔壁住的好像是哪位有名的夫人。」

「在下認爲要格外小心，畢竟此船上的人來歷皆不小。」端坐在床位，大白兔嚴肅地說著：「若是無事，我倆盡量少露面爲佳。」

看著表皮一點都不嚴肅的大白兔，黑梭聳聳肩。

拿著船艙裡的茶具幫所有人沖了茶水，琥珀在小桌邊坐下：「從這邊到第七星區要幾日的時間，航程中會停泊一處由自由行者管轄的小島港口，就請安分一陣子吧。」

「說到自由行者，我們剛剛在白森林有問到沙維斯的事情喔！」一反剛剛的低靡，青鳥很有精神地跳過來，眼睛閃閃發亮地抓著他學弟獻寶：「就是那個很強的聯盟軍，黑梭有買到他的情報耶！」

「喔？」看著青鳥興奮的樣子，琥珀也等待對方的發表。

「之前不是說他可能和伊卡提安有關係嗎，結果好像還眞的有，白森林的老闆說他們兩個都是四年前港口強盜那件事情之後出來的！」青鳥拉著椅子坐下來，「我是知道伊卡提安差不多是三、四年前，但是沙維斯還是第一次聽到，我還以爲他是這兩年的，沒想到比我算的時間還早，看來我的訊息有點落後了，太久沒去同好會果然會落伍。」

「就是你早先問我的那件事嗎？」不久前才去看了慰靈碑，直接忽略同好會什麼的琥珀思考著：「四年前的強盜入侵造成很大的死傷，當時我父母在港區，聽說官方發表的死傷人數和實際狀況相差非常多，爲了不引起民眾恐慌，聯盟宣告只有數十人輕重死傷，但是當時應該死了上百人，包含當地居民和旅客、商人，很多人在那時蒸發了。」

而且在那之後，聯盟用很快的速度抹除了相關事項，以及封鎖、重建港區，整件事就這樣在許多人不知情的狀況下落幕了。

人們唯一知道的就是公共頻道說的：海盜團襲擊港口，經過聯盟軍的迎擊後，已經順利擊退海盜團，請民眾放心。

「嗯啊，白森林的老闆也這樣說，那時派出很多聯盟能力者大量消除了關鍵記憶，所以我也不太清楚實際狀況咧。」挪動屁股，坐到比較軟的床上，青鳥乾脆盤起腿，換了舒適的姿勢，「沒想到軍方居然操縱媒體壓下這麼嚴重的事件。」

「我們在第七星區也只有耳聞海盜攻擊港口，但是傳來的消息也說不嚴重。」黑梭隨口說道：「所以沒有仔細去研究這件事。」

「除了當時攻擊的強盜團正是朱火之外，還有聯盟軍很大的醜聞吧。」入侵過官方系統的琥珀一點也不訝異地淡淡說著：「實際上，會造成那次事件，聯盟軍必須肩負起很大的責任，他們不希望讓這件事被一般民眾知道。」

「咦，琥珀你知道所有事情嗎？」沒想到他學弟知道的好像很深入，青鳥突然覺得剛剛其實不用買情報，多浪費一筆錢了。

「其實只知道部分，聯盟軍把這件事列爲極機密，我只有下載到一些，大致上就只知道是軍方惹出來的醜聞這樣的事，還沒全部仔細了解完就被反截斷，只好停止。」琥珀眨著藍色的眼睛轉向青鳥：「那麼四年前伊卡提安他們發生什麼事情呢？」

「喔，這個啊……」

□

時間推回稍早。

在收下黑梭的相等報酬之後，白森林的老闆緩緩開口：「大概是四年多前，聯盟軍收到了朱火強盜團在附近出沒的情報。當時，駐紮在港區的是個很功利的傢伙，而現在的副總長利蒙還沒就任，那時期港區的區域長其實也是呼聲很高的副總長人選之一。」

「如果可以擊敗附近的朱火強盜團，不管從哪方面來看都是大功一件，對想要升任星區副總長位置的人來說，不管用什麼手段都想得到勝利吧。所以當時港區的區域長使用了私人手段，聯繫上好幾個賞金獵人，向對方宣告朱火強盜團會來攻打港口，同時賄賂了當時調動聯盟軍的指揮官，打算一起設下陷阱捕捉朱火強盜團。」

「但是很可惜，這種舉動反而把強盜團給惹毛了，他們是前來攻打，但是是整個分支的海盜隊傾巢而出來襲擊港區，比區域長預估的火力還要強大，瞬間就奪取了很多來不及撤走一般平民的生命，而且破壞力極高，甚至出現不少高階能力者，一度引發莉絲小規模爆炸。這時候區域長才知道事情糟了，急忙向總長再度求援。在聯盟軍援兵到達前，其實傷害沒有擴大，很大一部分必須歸功在荒地的人身上，荒地之風得到情報，來了很多賞金獵人和自由行者幫忙援助，所以才抵擋住……為什麼荒地之風會幫忙，這點其實到現在還是不得而知。」

力摩頓了頓，「總之，在森林之王也趕到之後，失控的狀況才被控制住，當時就算聯盟軍不來，強盜團應該也已經要撤退了。可是人心真的很貪，區域長看情況控制住後，反而決定進擊，更糟糕的是，當時指揮官為了能向聯盟軍交代那次的嚴重失誤，竟然同時攻擊起前來協助的自由行者與處刑者……畢竟非聯盟軍的能力者都算是通緝犯，所以港區在混亂之後，基本上變成了屠殺的場所。」

「現在我們所知的伊卡提安，當時就是和他的搭檔，以荒地之風賞金獵人的身分前來協助，結果他的搭檔在保護聯盟軍時，被指揮官從後偷襲身亡，而伊卡提安在同時也殺死了聯盟指揮官。」

「那場騷亂中，佩特的丈夫雖然是被抑制無法使用力量的能力者，但也挺身而出，為了保護聯盟軍不被憤怒失控的能力者殺害，結果反而被殺死；之後沙維斯就出現在聯盟軍裡，沒有人知道他的來歷，只知道他專門對付能力者，而且完全不留情，所以有人推測他應該也和那場騷動有淵源。」

聽完力摩的敘述，青鳥瞪大眼睛，「那個區域長也太壞了！還有指揮官！真是死有餘辜啊！」沒想到港口的事件還有這種內幕，難怪聯盟軍要壓下來，傳出來大家一定全都支持處刑者把他們殺光光算了。

「後來荒地之風的人撤走了？」黑梭歪著頭詢問。

「是啊，伊卡提安殺死指揮官後，來援的人便撤退了，強盜團也差不多撤走，森林之王也沒留下，就留了滿街的屍體，聯盟軍於是立刻封閉港區，開始清除相關事件。」力摩摸著下巴，「雖然是這樣，不過這種事在檯面下還是有流通的，只是軍方控制得很嚴格，你們走出去之後千萬不要向別人提到這件事情，不然一定會遭到聯盟軍肅清。」

「可以再問個問題嗎？」聽完不同星區的處刑者事件之後，黑梭也被勾起了一點好奇心，「所以那位伊卡提安現在還算是荒地的人嗎？」

力摩笑了下。

「這個，大家自由心證吧。」

□

「所以學長你們現在告訴我，是想害我一起被洗腦肅清嗎？」

冷眼看著兩個加害者，琥珀冰冷地說出結論。

「我覺得琥珀小弟就算不聽，腦袋裡應該也有很多事情應該要被肅清吧。」幾天下來，黑梭也學會了不要小看這個看起來漂漂亮亮又似乎很有價值的湖水綠，外表像兔子無害的小孩，其實皮裡面是猛獸。

大白兔則是皮裡面是棉花，皮外面還是兔子。

「對啊，琥珀你要收斂一點，不可以常常入侵不該入侵的地方。」青鳥立刻很認眞地提醒他學弟。

「現在又變成是我嗎？去探聽情報的是兩位吧，就算不入侵軍方，你們不是也自己從別的地方找來會被肅清的情報嗎，你們兩個也應該去反省吧！尤其是學長，不要跟著現役的處刑者胡作非爲，難道你眞的想穿著洋裝變成通緝犯嗎！」指著居然有臉說他的青鳥，琥珀直接朝那個圓圓的額頭用力戳下去，「還有黑梭先生，一直將普通人捲進來眞的好嗎！」

「不要再講洋裝了……」覺得心裡又刺痛了一下，青鳥捂著臉跪倒在床上。

他到現在都還沒向小茄解釋那一切都是僞裝，回去之前小茄還很高興地說下次要再找他一起去買美美的衣服和逛街，這讓青鳥感覺到生命快到盡頭了。

說不定和兔俠他們一起定居在第七星區會是比較好的選擇。

「對不起，我會去反省……」剛剛才決定不要再將他們扯進去的黑梭也感覺到良心痛了兩下，默默地滾到床側去反省自己的所作所爲。

端坐在床鋪上的大白兔發怔地看著環著手的琥珀，等了幾秒對方好像沒有要數落他的意思，大白兔這才發現自己竟然不自覺地鬆了口氣。

「……我去外面走走。」看著一室沉默的男性們，琥珀搖搖頭，走出船艙。

在學弟出去之後，青鳥才鬆了口氣，然後有點尷尬地抓抓臉，「總覺得琥珀上船之後心情比較不好，很抱歉。」

「不，我們是眞的要反省。」黑梭抹了下臉，正打算講些什麼時，突然皺起眉，

「外面有人。」

「咦？」

青鳥立刻跳下床，猛然打開門後看見有點面熟的人站在門口，「欸……欸……柏特學長？啊、對！眞的是耶！」他只有之前看過一、兩次，強盜團打進來時太匆促了，這還是第一次正式照面。

本來坐在床鋪上的大白兔一秒僵化，瞬間變成眞正的布偶。

「學弟果然沒說我也會在船上嗎。」笑了下，柏特下意識摸摸青鳥的頭，然後才驚覺對方其實和他差不多年齡，「咳，總之這幾天我們可能會再遇到，既然都是同校的學生，就互相有個照應吧。」

「喔喔喔！我也正想找學長討教一下！」閃亮著眼睛盯著柏特很好的身材，青鳥一秒同意各種方面的互相照應，「學長你有沒有興趣……」

「不好意思，起碼先介紹一下吧。」直接捂住青鳥的嘴巴，從後頭冒出來的黑棱露出友善微笑，「我是這小子的親戚，正打算先抓他們去第七星區躲避一下，最近眞是太危險了。」

「是的，最近真的是很糟糕的時期，我的名字是柏特，很高興認識你們。」柏特大方地伸出手。

握住柏特的手，黑梭搖了兩下，「你好你好，我叫作亞格，聽說芙西的附屬餐廳也很有名，不如我們晚一點享受美食時再繼續聊天吧。」

「好的，那麼就期待晚餐時間。」

目送柏特離開之後，黑梭才拎著青鳥關上門，「你也太危險了吧，難怪琥珀每次跟你講話都是那種態度。」雖然對方沒講完，但是他直覺這小子就是想邀對方入伍。

被黑梭放開後，青鳥用力呼吸了兩下兼咳了聲：「什麼啊……我只是想問柏特學長有沒有興趣等等比劃一下，畢竟之前競賽沒有對戰到啊。聽說柏特學長很厲害，我超級想試看看啊！」他是絕對不可能被秒的！不過話說回來……「難道可以邀學長入隊嗎？」

這樣感覺好像也很不錯，聽說柏特學長爲人很正直，而且強盜團襲擊那天他還挺身而出！還是個能力者！

青鳥越想越覺得很有希望。

「拜託千萬不要。」黑梭沉重地拍著對方的肩膀，「聽我說，眞的不要蹚渾水，你還太小不懂，這些事情沒有你想像的那麼單純。」重點是，如果眞的再混下去，他不知道爲什麼有種野性直覺會被琥珀給剝皮剔骨，而且這種感覺還很強烈。

「我太——」他根本一點都不小啊！

「在下也如此認爲。」打斷了青鳥的話，大白兔也跟著點頭：「有些事情，等你長大就會懂。」

青鳥再度欲哭無淚，「我已經……」

「你們又在幹什麼？」

打開門，離開一下冷靜自己的琥珀看著好像還在策劃什麼陰險事情的三個傢伙。

「沒……我感覺自尊心有點痛，換我出去走走好了。」備受打擊的青鳥拍拍他學弟的手臂，腳步虛浮地離開了艙房。

「？」

什麼跟什麼啊。

□

拖著破損的心靈出房間，青鳥一路又爬上了甲板。

雖然第一次搭乘時年紀很小，但現在再次回到芙西，依舊有種久違的熟悉感……畢竟當時爲了種種原因來到第六星區定居時，也在船上渡過了一小段時間。

一眨眼都已經十幾年了。

當初一起來的保母也已經不在了。

看著廣大的甲板，青鳥突然有種說不出來的感嘆。

沒想到現在會爲了要把處刑者送回去再度搭乘，看來這次的乘船記錄也會被傳過去吧，大概得想個理由好好解釋一下。幸虧第六星區最近的事情鬧得七大星區都知道，說和同學出去散心順便避難個幾天應該就會被採信了吧。

從這邊的高度可以看見廣大的港區。

莉絲爆炸之後，因爲各種不便與大規模毀損，現在星區的建築物普遍都不太高，頂多像行政區有十樓左右，大部分都是新建的矮房。

不過他知道第一星區因爲有各種抑制莉絲的技術，所以那邊的建築物體系還是比較像上世代的。

這邊看過去，是非常漂亮的景色。

港區漂亮的房舍，樹、動物與人，襯著海水和即將落日的夕陽光色。

「原來四年前就是這樣一去不回啊……」

他那時也有認識的人在這裡下落不明，官方發表的新聞稿是海盜攻擊造成大量失蹤，因爲不可動用太多那邊的資源和金錢……而且他們也不是很願意幫忙，所以他多少還有點希望是當時被擄走當奴隸了。

或許總有一天成爲處刑者能夠想辦法救回來他們的念頭，現在大概也可以打消了。就所得情報來看，朱火應該沒有擄走任何奴隸，而是全部死在這裡了。那個慰靈碑下，就是……

「瑟列格家的少爺。」

轉過頭，青鳥看見護船隊的隊長朝他走來，和十幾年前相差不多的男子，他印象中以前看到對方時就是三十幾歲的模樣，現在看起來也還是三十幾歲，一點變化也沒有。

跟自己的身高一樣……

默默又被自己刺痛一下的青鳥咳了聲：「那個，叫我青鳥就好了。」

「好久不見了，青鳥少爺。」隊長抬起手，行了個標準的禮，「沒想到您會再搭乘芙西，這是瑟列格家……」

「啊啊，和我家裡沒關係，拜個託，不要那麼快把消息傳過去。」青鳥抖了下，「我只是想去一下第七星區嘛……」

「明白，稍微避禍是必須的，託這次強盜團的福，本次芙西的乘客也比往常多了不少，看來這趟旅程可能會辛苦些。」嚴肅的臉稍微勾出個微笑，隊長看了看四周，「瑞蒂夫人似乎這次並沒有上船。」

「瑞蒂媽媽的話，四年前說要來港區找朋友，然後……」就再也沒有回去過了。

隊長點點頭，表示了解，「很遺憾，檯面下的消息我們也都知道，畢竟芙西的主人擁有最多的情報管道，願夫人安息。」

「沒事，都四年了，我多多少少也有這種感覺就是。」青鳥聳聳肩，打起精神，「沒關係，我現在還有其他的使命！不會一直沉浸於過去的事情！」

「和沙里恩家的少爺有關係嗎？」隊長壓低了聲音，詢問。

「也算有，我決定要好好保護琥珀一輩子啊！以後當親弟弟照顧，然後成爲最強的處刑者！扶弱救貧！懲奸鋤惡！」握緊拳頭，青鳥瞬間熱血了起來，「只要有壞人，就把他打到連他媽都認不出來他是誰！」

「這聽起來眞是不錯的志願。」

「對吧！但是琥珀每次都說不切實際。」垂下肩膀，青鳥有點無奈，「總之，現在還是先好好照顧琥珀比較好，因爲我害死他父親……」

「嗯？沙里恩先生？」愣了一下，隊長臉上出現了某種驚愕的表情。

「嗯，就朱火強盜團那天……」

青鳥將當時的狀況描述了下，當然有自動跳過大白兔他們的部分，只告訴對方強盜團抓人和被保護的事情。

也不知道爲什麼，隊長邊聽，表情也嚴肅了起來。

「那麼……」

就在隊長似乎想進一步追問時，一陣匆忙的腳步聲打斷他倆的對話，「隊長－船長有事找你喔！」

青鳥轉過去，意外地看見之前在佩特店裡打架的那個水手，現在才驚覺他身上服裝的圖騰就是代表芙西的船徽，「是你！」

「啊！原來你是客人喔！」叫作波塞特的年輕水手擊了一下掌，被太陽晒得有點黝黑，但看起來很開朗的臉大大咧了笑容，「抱歉咧，上午失禮了，我後來有和我哥和好了。」

「喔喔那就好。」青鳥立刻印象好了起來，也跟著回以大大的笑容。

「你們兩位聊吧，我先去船長室。」停止了剛剛的話題，隊長拍了下水手的肩膀，然後轉向青鳥，「青鳥少爺如果希望成爲處刑者，不如未來幾日航程可以來找我們學習一些武術，我想會很有用的。」

「太感謝了！」以前見識過護船隊的身手，青鳥馬上熱血了。

「先失陪了。」

□

「你認識我們護船隊的隊長喔！」

隊長走遠之後，波塞特馬上歪著身體搭上青鳥的肩膀，「好小子，看不出來，我們隊長超嚴肅的，平常根本不隨便和別人說話，現在竟然還要教你幾招……難道是小孩子比較吃香嗎？」

「我才不是小孩子。」青鳥拍開竟然彎身搭他的可惡青年，已經夠矮了還彎身搭來刺激他，「我二十歲了！二十歲了！本少爺已經成年還有駕照了！」

「咦！」波塞特露出很驚訝的表情，接著一點也不客氣地比劃了一下自己和青鳥的高度，「這個，嬌小不是問題，可愛型的也有很多姊姊會喜歡……」

青鳥剛剛的好印象一秒轉變成只想踹他的印象。

「沒關係啦！男子漢能屈能伸，總有一天伸得起來的！」用力拍拍青鳥的背，波塞特握了握拳，一臉陽光燦爛地面對很陰鬱的人，「人生有起有落！只要有心，你的心靈也可以像巨人一樣高大！」

「我比較想要身高像巨人一樣高大，既然你要心靈高大，你不如把腳鋸給我啊！你去心靈高大就好！腳長給我啊！」

琥珀走上甲板時，看見的就是這樣匪夷所思的畫面——

他家學長正抱著一個水手的腳不放，然後水手還抓著護欄拖行他家學長。

看了看開始轉黑的天空，琥珀低頭嘆了口氣，接著轉頭打算當作什麼都沒看到。

「琥珀等等！」一秒放棄波塞特的腳，大老遠就看見他學弟的青鳥用非常快的速度衝了上來，直接拉住對方，「快！幫忙鋸腳！」

波塞特馬上跳起來，很誇張地縮腳，「就算你要這樣做，我們也不會有什麼好結果的！人生要面對自己的心靈巨人啊！」

「不管，鋸下來你再去巨人！」

看他們兩個竟然還可以這樣你一句我一句，琥珀思考了下，拍拍他學長的手，「學長，恭喜你找到一樣腦袋空空的朋友，再見。」

「琥珀你不要走！」

「我們不是那種關係啊！」

不知道為什麼，連陌生水手都撲抱上來，琥珀就是冷冷地一言不發，然後瞪著一大

一小的兩個人，瞪到他們自己滿頭冷汗地鬆手。

「咳，這個是波塞特，就是剛剛講到佩特的那個兄弟之一。」在那種可以殺死人還外加淩虐的冰冷目光下，常常被殺很有經驗的青鳥連忙簡介了一下旁邊的青年，順便轉移話題。

盯著琥珀看了半晌，波塞特又咧開了率性的笑容，「好漂亮喔，果然是湖水綠，在芙西上也很難得看到這種人，而且人也長得像高貴的娃娃一樣。」

「這個比較像娃娃吧。」把青鳥拎過來放著，琥珀冷淡地說。

「這是洋娃娃，你是高級娃娃。」波塞特湊上來，靠近著打量很漂亮的湖水綠少年。

因爲他的態度太直接單純了，眞的完全就是在欣賞漂亮東西的目光，所以琥珀有瞬間也愣了下，並沒有馬上把對方打走。

這種人並不讓人討厭，就像他也不會完全討厭他學長。

但是他學長是單「蠢」的部分比較多。

「請多多指教喔，琥珀弟弟。」直接在琥珀臉頰招呼式地親了下，波塞特才退開，

「我應該比你們大一點，二十二歲。」

「我二十，琥珀十六。」看著臉色不是很好的琥珀，青鳥連忙說道。

「剛剛聽到你們好像也知道我的事，應該是佩特說的吧，雖然我沒有打算要成爲處刑者，但除了找黑島之外，總有一天我也會向朱火強盜團復仇。」笑著這樣開口，波塞特燦爛的臉上一點陰暗都沒有，讓人覺得他好像在說什麼愉快的事，「青鳥如果哪天成爲處刑者，記得多多幫忙喔。」

「……你也想要復仇？」琥珀有點疑惑地看著好像一點都不生氣的水手。

「當然，沒有人不想吧。」波塞特看了下開始出現星子的天空，「我對他們的仇恨比起大海還要深，有些事情是一輩子都無法原諒的，不管是聯盟軍或是強盜團，我不像佩特和哥哥可以看淡，即使過了四年，仇恨只有加深沒有減少，所以我也不想踏上聯盟軍管理的土地，那只會讓我想起不開心的事情而已。」

「其實也不是那麼糟啦……」

「不過，最大的原因還是因爲我比較喜歡在船上，嘿嘿。」搓搓青鳥的頭，波塞特也在他白白小小的臉龐邊親了下，「總之，就和船一樣，我們都各自有自己的路要走，

海在翻浪而風在吹帆，每艘船都擁有自己的方向。這幾天你也可以來找我練身手喔，前提是隊長教你的要偷偷跟我分享。」

「你只想學隊長的部分吧我說。」青鳥抹了一下自己的臉頰。

「當然，未來的大處刑者，晚飯時間已經開始了，你們不快點去的話可能會吃不到好東西喔。」再度看了看琥珀，波塞特還是完全不遮掩自己喜歡的態度和目光，「眞幸運啊，有湖水綠同行，這趟船程應該會很愉快。」

「有腳可以鋸，這趟航行應該很愉快。」完全不遮掩自己對長腿的垂涎，青鳥陰惻惻地發出冷笑聲。

「嘛，我要去上工啦，兩位娃娃弟弟咱們下次見！」

然後波塞特逃逸了。

□

「這陣子怪人運眞發達。」

波塞特跑掉之後，琥珀感嘆著自己最近倒楣的命運，「原本有就算了，現在還像葡萄串一樣，說不定應該去做點什麼善事了。」

「失禮！超失禮的，難道我也是怪人嗎！」

「難道學長沒自覺嗎？」最怪的應該就是他吧。琥珀只差沒有條列式告訴對方他有多怪了。

「根本沒有應該要自覺的東西。」抗議完之後，青鳥才想起來剛剛波塞特說的，連忙拉著琥珀就跑，「快走，晚下去會吃不到好吃的！不知道有沒有你愛吃的大蝦！」

「等等。」停下腳步，原本要一起進船艙的琥珀注意到船隻另外一端有些小聲響。在夜色降臨後，披上黑紗外衣的芙西上出現了幾個看起來明顯不是客人的訪客。

那是幾個穿著怪異勁裝的人，遮住了面孔，以闖入的身手來看，似乎還是能力者。

「強盜嗎？」青鳥瞇起眼。

「應該是一般的盜匪。」畢竟芙西是大船，而且還是最高等的商船，即使沒開航，船上還是有不少擁有身分地位的高級旅客，像這樣不管是爲人還是爲財闖入的盜匪，根本是必定有的慣例了。

就是因爲這樣，芙西才會有一支強悍的護船隊。

但在這種天剛黑的時間就入侵也太天才，根本就是要人來殲滅他們，不知道是哪個小強盜團做出的愚蠢決定。

正想去偷看一下狀況時，青鳥眼前一花，已經冒出一個護船隊的人禮貌地擋在他們前面，接著像鬼魅般，更多的護船隊從黑暗中冒出來，然後團團包圍那些入侵者。

即使沒有青鳥那種快速，但護船隊還是用讓人驚愕的速度將入侵者拿下。

「好帥喔……」看著訓練有素的護船隊幾乎在眨眼瞬間就平息了騷動，青鳥口水都滴下來了。

那種挺拔的身材、那種肌肉、那種威風、那種帥氣度！

不管是隊長還是隊員，每個都是上等肉……上等貨啊！

「學長，現在撲上去咬一口可能會被打到連你母親都認不出來喔。」看著居然在流口水的青鳥，琥珀巴不得乾脆假裝不認識算了，保護他們的護船隊員都愣住了啊！

「肌肉眞好……不是不是，眞是太厲害了。」連忙擦掉口水，青鳥雙眼放光地看著最靠近他們的青年，「可以要全隊簽名嗎！」

「簽……」年輕隊員傻眼。

琥珀直接往他家學長的腦袋上打下去，在他沒有進一步過分要求他們握手擁抱跟合影留念之前，先把人拖走，「請當作剛剛幻聽就好。」

「什麼幻聽，我是眞心誠意想要簽名啊喂喂喂喂——」

「簽你個鬼啦！」琥珀努力把人拖進船裡，「你這根本是給人增加困擾！」

「才沒有，這是崇拜羨慕的表現啊，你不知道我剛剛和隊長講話時，多想請他把衣服脫了讓我摸看看肌肉，隊長一定是頂級肉啊！我都已經如此克制了，只是要簽名而已，根本沒有什麼。」青鳥很遺憾地看著護船隊消失在黑暗中，然後被拉著下到通道，「那些堅硬的肌肉好棒啊……」他好喜歡好羨慕好想要啊！

「你根本是性騷擾吧。」爲何他會一秒將他學長的樣子和一些欲求不滿的奇異人士重疊呢？琥珀感覺一陣暈眩，深深覺得說不定自己應該另外訂一間艙房，徹底和這些人隔離開來比較好。

「才沒有，這是正當的男子漢交流，琥珀等你未來有肌肉時也要借我摸看看。」青鳥也很看好他家學弟，說不定過兩年就會變成超級雄壯威武的大漢，那絕對很美好。

「學長，你到底認爲我的未來會是怎樣呢……」

「鋼鐵肌肉人。」青鳥比了記拇指。

「我們緣盡於此，再見。」

「別這樣啊啊啊——」

第五話 ▼▼▼ 第七星區

接下來幾天，芙西開始航行在大海上。

整個航行順利到讓人不敢置信，幾乎沒有遇到什麼風暴，稍大一點的風浪也全都被護船隊中的能力者撫平，船就這樣平穩高速地不斷向前行，航程中在小島稍作停泊的貨運交易也很快就完成，比預定的航程還要快。

因爲船上的人不少，身分地位又與一般人不同，加上還有護船隊出入，大白兔在這些天幾乎沒有動幾下，如果不曉得，還眞的會以爲他就是布偶。

黑梭則只有必要時才會離開船艙，其他時間都窩在房裡睡覺或看書。

不想和另外幾個人在一起的琥珀，則是自己窩在船上的一般資料室，閱讀著船上收藏的書籍資料，後來和幾個休息時間也會來找資料的護船隊隊員或船員聊上天，甚至借到了比較稀少的實體書籍。

當中最快樂的就屬青鳥了，幾天下來不是和波塞特混在一起，就是去找隊長學幾招，每天一大早就出房間，拖到大半夜才回來。

快接近第七星區時，琥珀還看到他家學長根本已經融入水手群了，居然還混在裡面幫忙跑船務，連客人使用的餐廳也不去了，竟然就跟著跑去人家員工餐廳吃飯。

不過這樣安靜一點也比較好，讓琥珀比較困擾的是那個柏特學長，不是去和青鳥聊天，就是莫名其妙地裝熟來找自己攀談。

對琥珀來說，他寧願被吵吵鬧鬧的波塞特和青鳥糾纏，也不想和傳說中優秀的武術冠軍待一天，即使他是學校第一，但沒有共通話題也讓人覺得很棘手，又不能像波塞特他們可以冷眼罵一罵或毆打不還手的。

「聽說第七星區的土地雖然是所有星區中最大的，但是居民總數卻僅有第六星區的一半。」坐在一邊的柏特微笑地逕自說了起來，「學弟你應該沒有去過第七星區吧。」

「……嗯。」盯著手上的書，琥珀很隨口應了聲。

「因爲星區聯盟的需要，我和父親去過幾次，那邊的資訊和開發技術比第六星區還要晚一些，建築物也比較舊式，所以每隔一陣子都必須從其他星區添購物品……」

「雖然沒有其他星區那麼進步，但是第七星區歷代總長以農業打造全區域，是全星區中唯一用古代原始農耕方式自給自足、不用科技人工合成食物的地方，也是當初大戰後污染最少的區域。」打斷了柏特想要攀談的話題，一點都不親切的琥珀直接唸出刻在他腦袋裡的資料，「某方面來說，最先進的高科技第一區和科技化最少的第七區是兩極的對等，但是並沒有你想像的那麼落後，目前其他六大星區有三分之一的食物來源仰賴第七星區進口，也持續派人進行農業技術的學習與轉移，正在重拾相關知識與開闢。」

而且，和依賴高科技想盡辦法抑制莉絲的其他區域不同，據說第七星區有自己一套迎合自然的方式，和莉絲共存，是全部星區中最少發生莉絲爆炸的地方，近幾年來更是連一件都沒有發生過。

鄰近的第六星區雖然很和平，但是一年下來多多少少也會有少數的小型爆炸發生，大多是意外或能力者決鬥、攻擊造成。

「其他女同學說起琥珀學弟時，使用的第一個形容詞總是聰明，果然如此。」就算被不禮貌地打斷，柏特也沒有露出不悅的神色，依然維持著溫和的態度。

「第二個形容詞應該就是冷漠帶刺，請不要再打擾我看書了。」完全明白別人對自己的評價，也不在意的琥珀中斷了談話。

「第二個形容詞是漂亮，眞希望聯盟軍未來可以招募你，和你共事一定會很愉快；那麼，我們就繼續閱讀吧。」

從文字裡抬起頭，琥珀瞇起眼睛想了想，轉向眞的開始閱讀的柏特，「你加入聯盟軍了？」

「是的，實際上父親本來就希望我加入聯盟軍幫忙，所以前幾年就已經通過參選評估，也考過資格；原本想等學業完成，但這次事件太嚴重了，所以前幾天已經正式加入。這次我是代表第六星區去第七星區參與聯盟軍小型會議的。」看對方突然有聊天的意思，柏特很高興地回應。

「我以為重要會議可能會是副總長前往。」那個兒子勾結一大堆通緝犯的倒楣鬼。

「雖然沒有副總長那麼重要，不過我父親是第六星區的聯盟軍隊統領，代表父親參加軍事討論，應該也不算沒有誠意；而且我只是先行報到，明天副統領就會到達了。」

對了，他是有聽過女同學們說柏特是軍人世家，目前從祖父到兄弟都是聯盟軍成員，周圍的親戚大多也都是聯盟軍，他加入不讓人意外，聯盟軍並沒有年齡限制，只要是有能力的人都是聯盟軍招募的對象。

那麼，柏特也是該戒備的人，青鳥不知道這件事情，如果腦殘邀對方一起當處刑者什麼的就危險了，更別說他們還和第七星區的通緝犯混在一起，得先快點告訴他。

雖然是這樣想，不過琥珀還是不動聲色地繼續閱讀，打算等甩掉這個麻煩後再去找他那個愚蠢的笨蛋學長。

「學弟，我們也可以對你進行最高保護。」

琥珀轉向突然吐出不同話題的人。

「湖水綠是很珍貴的存在，檯面下聯盟軍都可以加以保護，你不用過著危險的生活。」認眞地開口，柏特表情變得有點嚴肅，「學校發生的事只會一再重複，遲早有一天強盜團會再盯上你，你是很搶手的商品，他們絕對不會放過。」已經失去綠色基因的人類無論用什麼方式都想要再度擁有，這眞不知道該說可笑還是貪婪。

「不用了，謝謝。」乾脆地站起身準備離開，琥珀冷冷地回答對方，「我不需要任何人來決定我的未來。」

不管是誰都不行。

□

「咦！柏特是聯盟軍？」

稍晚，在員工餐廳聽到這個消息的青鳥瞪大眼睛，這個時間所有人都在忙，只有剛下崗的波塞特和他正在咬遲到很久的午餐。

「啊，沒錯，你們那個學長搭乘芙西的身分是聯盟軍喔。」琥珀還沒開口，一旁的波塞特就滿口飯地搶白，「你們不知道喔？那個人不是你們學長嗎？這幾天都看到他跟你們混在一起啊，還以爲你們很熟。」

「柏特完全沒說啊。」最近這幾天也和對方處得很快樂，都還省掉了學長稱呼的青鳥超級訝異，「他只說來幫他老爹辦重要的事，會在第七星區待一陣子，還叫我們乾脆去住他那裡咧，他那邊的住處很大，好像是他家啥親戚的豪華住宅之類的，而且還是軍官宅邸，有護衛啥的。」

「學長你應該沒有答應吧。」琥珀看著有時候會讓人崩潰的學長。那種地方對青鳥來說吸引力要命地大，打開門從裡到外全都是充滿肌肉的強壯軍人。

「沒啊，我是想去啦，但是身爲正義的一方要以正事爲重，不可以輕易因爲個人利益放棄遠大的任務。」扒著飯，青鳥一臉正經地回答：「這是基本中的基本，如果沒有這個堅持，要怎麼成爲優秀的處刑者咧。」

「……那你去要簽名了嗎？」

「要了。」青鳥涎著口水馬上掏出一本小紙本，上面有滿滿的文字，「還好有波塞特幫忙，終於收集到了，還有額外附贈的船長、副船長簽名，而且還照相留念耶！眞是太幸福了！」

「就說我很有義氣。」波塞特豪邁地拍拍胸，「如果可以再多留兩天，全船都可以簽完！」

「……」琥珀抹了把臉，默默有點絕望。

「芙西上面都是大好人。」珍惜地收下本子，青鳥露出傻傻的笑容，「如果當不成處刑者，說不定護船隊也是個好選擇。」幾天下來他和不少人混熟，也對船務很上手，還幫忙跑送東西，大家都稱讚他的速度很快，讓他很有成就感。

「你乾脆就埋骨在船上好了。」簡直想掐死對方的琥珀現在才發現他家學長竟然還穿著水手制服，一口血都快吐出來了。

「如果琥珀也要一起待在船上的話，也不是不可以喔。」青鳥大剌剌地笑。

「這輩子都不可能。」

很悶地想有多遠離多遠，正打算站起身，琥珀就聽見餐廳外傳來騷動，幾個年輕船員快速地經過門口，邊跑還邊嚷嚷，「看到陸地了。」

「好像快到第七星區了。」波塞特吃掉最後一口飯，接著站起來，拉著青鳥和完全不想去的琥珀跟著跑上去，「快點過來，有甜頭！」

他們就這樣被波塞特意外巨大的力氣一起拖上甲板的船員群裡。

芙西的甲板有部分禁止客人進入，只有芙西的工作人員例外，有時候護船隊操練也都是在這個地方。

波塞特拉著他們上去時，上方的人員已經聚集不少，除了船員水手之外，當中也摻雜著好幾個年輕的護船隊隊員，每個人表情看起來都很高興。

「是厄索先看見的！」

幾個人簇擁著一個黑髮的年輕人，和大多數船員一樣，褐色的臉上很多曬斑，臉上也掛著很爽朗的笑。

「幸運錢幣在哪裡？」

圍聚的年輕人們騷動起來，接著一枚繫著皮繩、頗具古老氛圍的錢幣被拋了出來，落在那個黑髮年輕人的手上，又是一陣喧鬧聲。

「這是什麼啊？」青鳥拉了拉也在吹口哨的波塞特，好奇地問。

「喔，船上的遊戲，那枚硬幣是芙西的幸運幣，第一個發現陸地的人到下一個陸地前都可以佩戴它，這個人還可以向船長領取一大桶葡萄酒，但是根據規定，他要馬上把葡萄酒分享給現在有在場的其他人，不分享幸運的話，會招致霉運喔。」拉著一直想跑掉的琥珀，波塞特很歡樂地扣著人，「爲了可以得到獎勵和幸運幣，大家都會非常注意船的周遭動靜，而且幸運幣眞的很幸運，上次我拿到時，當晚就在港口贏了一大筆錢咧！」

「好棒喔。」青鳥看著被擁在中心的年輕人，很垂涎地看著他把硬幣戴到脖子上。

「好髒喔。」嫌惡地看著不知道換過幾百次主人的硬幣，琥珀只感覺到那條繩子一定充滿了各式各樣的污垢和病毒體，看著連他的脖子都癢了起來。

「你怎麼可以嫌大海精神髒——厄索，錢幣借一下！」勾住琥珀的脖子，波塞特接住了飛過來的幸運幣，在所有人加油兼起鬨下，直接往手裡的小孩脖子上綁。

「快放手！」用力地掙扎，很少變臉的琥珀在發現青鳥也跟著那些起鬨渾蛋們拍手

吆喝時，簡直想一腳把那個渾蛋踢進海裡；但他的力氣實在敵不過長年在船上訓練的波塞特，那條看起來很可怕的皮繩三兩下就被緊緊貼綁在他脖子上，波塞特還可惡地打了個蝴蝶結。

「這樣看起來也滿可愛的，你以後可以考慮戴點裝飾項鍊啊。」完全無視殺人目光的波塞特大剌剌地笑著，然後放開不斷掙動的少年。

「啊，眞的很可愛。」終於有機會說人可愛的青鳥朝他學弟撲過去，接著被一拳打回原位。

「不要開玩笑了——」

就在琥珀忿忿地想扯掉貼著頸部的硬幣時，手指都還未碰到，脖子卻突然感覺到一鬆，繫著硬幣的皮繩毫無預警地斷裂開來，落下的硬幣被動作很快的青鳥反射接住。

四周的吵鬧聲瞬間消失，眾多人聚集的甲板鴉雀無聲，只有海浪和芙西繼續往路地航行的規律聲響。

青鳥看著手上的硬幣，也跟著愣掉，突然不知道應該說什麼好。

過了半晌，還是波塞特先打破這種不自然的死寂，「嘖嘖，看來這條皮繩也該換了，都戴了好幾年，剛好在第七星區買條更適合的繩子吧；厄索你還眞幸運，要不是現在斷了被接住，搞不好就在你手上丟掉了咧。」

「這、這沒錯……」

幾個人馬上笑笑地附和，還有人鬧著厄索要買條金打的鏈子。

氣氛立即又輕鬆了不少，接著一大桶葡萄酒被抬了出來，歡呼聲立刻壓過剛才的死寂，很快地一大堆小杯子也被扔了出來，厄索被推到前面去打破酒桶，開始把葡萄酒分給每個人，大家馬上就忘記剛才的事故，空氣又熱絡了起來。

波塞特舉著三個杯子，走向了外圍的青鳥和琥珀，將杯子分給他們，接著在琥珀開口前先搶白：「快喝吧，未成年什麼的不要當藉口，喝杯酒死不了人啦，這可是分享幸運的酒，不喝完會害厄索不幸喔，酒剩得越多就代表他的霉運會剩越多，我們分完之後他就有整個空桶的幸運。」

「喝一點吧。」

看了眼青鳥，琥珀嘆了口氣，默默地把那杯葡萄酒喝掉。

□

「看來好像快回到第七星區了。」

看著窗外現在還很小點的陸地，黑梭轉向已經當了好幾天擺飾的大白兔，「目前附近都沒有人的味道，大概都上去看風景了吧。」

一說完，大白兔才微微轉過頭，「照這速度，應該傍晚就會抵達，在下和你突然離開這麼久，不知道其他人如何。」

「芙西上有通訊儀器，我擔心被捕捉到訊號，所以也沒有聯絡他們，下船之後就知道了。」嗅了嗅空氣傳來的氣味，黑梭嘖了聲：「有酒味，還是很濃的葡萄酒，嘖，居然開了那麼大桶的好酒。」這幾天因爲怕被發現身分，他也很老實地都沒有去找酒喝，現在聞到味道，整個人突然饞了起來。

「下了船再去喝吧，你與在下目前的處境實在不適宜做太多事情，更要盡量減少出現在人前的機會。」對芙西的護船隊也很警戒，大白兔淡淡地說著。

「知道，我這幾天不就一直都在船艙陪你嗎，只有吃飯才出去啊，這兩天還乾脆都

叫送餐服務了……嗯，這次還真的是災難，沒想到竟會生平第一次搭上飛行器。」用力地伸了伸筋骨，黑梭蹺起腳，支著下頷，「看來朱火打算豁出去了，這也就表示他們真的在趕時間。」

「沒錯，這幾年活動越來越頻繁，在下絕對要找出他們背後的陰謀。」點點頭，大白兔也跟著在櫃子上坐下，短短的腳懸空著，「在下實在是非常焦慮，這種感覺就和瓦倫維那時一樣，在下……」

「噓，你不要講太多那件事。」黑梭豎起手指，瞇起眼睛，「就算附近沒有人，但是難保不會傳出去。」

大白兔沉默了幾秒，「在下失態了，這幾年真的讓你幫了很多。」

「不，我是無所謂，但那時候的人一定還有留下什麼，如果知道你的存在和過去，絕對不會善罷甘休。」壓低了聲音，黑梭看著一般人眼中最普通不過的大型布偶，「艾咪妹妹應該也不希望你再發生什麼意外。」

「在下知道。」

「先講到這邊吧，兩個小的好像要回來了。」嗅著逐漸往這邊靠近的氣味，黑梭隨

意問起了另外一件事：「下船之後甩掉他們？」

「不，讓他們一起過來也無妨，他們如此幫忙，在下也欠他們非常多的人情，招待他們後再將他們送回吧。」其實之前大白兔也是打算甩開他們，但是因爲強盜團的事情已經害人性命，所以這層關係已經怎樣都無法消除，最少他們對那個少年有絕對的責任存在。「聯繫上北海他們之後，再做決定吧。」

大致明白大白兔的想法，黑梭點點頭，然後打住了話題。

就在他們停止之後沒多久，艙門就被人推開，青鳥打了個嗝，顛顛倒倒地走進來，整張臉漲得通紅，還露出怪笑。

「怎麼你們不會喝酒還喝？」黑梭看著用八字型走進來的青鳥，然後疑惑地看向後頭好像也有點怪怪的琥珀。

「咯、濃度……有火山那麼高……」巴住黑梭，青鳥嘿嘿嘿地笑了起來，「大王，胸肌可不可以……摸看看……」說著還滴了兩滴口水下來。

隨便他爬上爬下去摸，黑梭看著默默在旁邊坐下的琥珀。

「傍晚會到達港口。」揉著頭，琥珀臉色很差地簡單說道。

「你們兩個是不是一個酒醉一個喝到頭痛。」把手都伸到衣服裡的青鳥揪起來晾在空中，黑棱嘖嘖了兩聲：「還這麼小就喝這麼多，這樣不好喔。」

根本不想解釋他們只有喝了一杯該死的高濃度葡萄酒，琥珀乾脆捲了被子，直接在自己的床位躺下來。

「在下會解酒之法，如果真的不適，在下也可以略盡綿薄之力。」突然從布偶身體裡抽出好幾根亮晃晃的細針，大白兔就這樣挾著八支針來回看著兩個小孩。

「不管看幾次，你這樣還真的很像恐怖片裡的鬼東西。」看著大白兔的樣子，再度被襲胸的黑棱發現手上的小孩還給他越摸越起勁，「先從這個開始處理吧。」

「好。」擺出架式，正打算插針的大白兔突然眼前一花，剛剛被黑棱拎著的青鳥瞬間掙脫，速度很快地消失在他們面前。還沒搞清楚對方在幹什麼時，大白兔肥胖的身體突然被人一把抱起，而且還很用力地揉了兩下。

「大兔兔……」無視那八根針，直接抱著軟綿綿的大白兔猛親，「可愛的大兔兔……喝醉了，一起睡這樣……」

「在下、在下——」還沒在下完，只來得及把針插回身體裡的大白兔就這樣被扭抱著，一起上床去。

「你就這樣安息吧。」完全沒救人意思的黑梭朝著自己的處刑者同伴做了個弔祭好上路的手勢。

「等等等等等等——」

「吵死了。」

距離最遠的琥珀蓋住頭，抱怨。

□

天空開始變成美麗的橙紅色時，芙西也開始進入港口區域。

具有特殊商船資格，和一般的運船不同，不用再耗費時間核對與入港，經過界線之後便直接航進了內用港口，天黑前開始停船。

「芙西下一次啓航是在七天後，換一下聯繫方式吧。」

笑咧咧地來送人的波塞特拉著琥珀連了通訊儀器後，就領著他們走下船，「我們下

一航會經過自由行者的區域然後轉回第六星區，琥珀弟弟好像也有預約回程船票對吧，記得千萬不要錯過時間喔……真可惜青鳥弟弟還在睡，不然本來想和他約個時間帶他玩一下第七星區。」

揹著醉死青鳥的黑梭禮貌性地笑了下。

提著大白兔背包，琥珀看著滿滿都是綠色的內港，雖然第六星區也不少樹木植物，但第七星區似乎更多，迎接他們的竟是一整面的綠色花牆，而且並不是摘下來的花，而是直接種在牆面上，牆內似乎有著特殊的給水系統。

「你們的大型行李會直接配送到芙西的處理站，也可以打訊息幫你們代送到住宿的地方，總之很方便的，琥珀小弟應該知道怎麼處理，這幾天我就住在港口一帶，有時間可以來找我玩喔。」

好不容易甩掉熱情到讓人想掐死他的波塞特，終於踏下芙西之後，迎面而來的是那種綠色花淡淡的香氣，混合了帶鹹的水氣後揉合成另一種說不出的舒服氣味，而不是突兀的怪味。

「這是第七星區港區名產，我們都叫石鹽花。」挪了一下在滴口水的青鳥，黑梭也加快遠離商船的腳步。這種高級私人港口附近很多聯盟軍，萬一被認出來就不好了。

遠遠就看見比較晚下船的柏特被一堆聯盟軍包圍住，琥珀瞄了眼之後就小跑步跟著黑梭離開。

因為很匆促，所以跑了有段距離之後，他才開始打量周圍環境。

與第六星區不同，在大戰後，第六星區的建築與住宅改建好幾次，一次一次越來越進步堅固，也捨棄掉很多不必要的重型建材，成為現今的樣子。

但是第七星區的港邊建築卻是一種非常古老的石材建築，也很有可能是因為長期受海盜攻擊以至於必須使用這些材質，白色與紅色的雙層房舍矗立在港岸邊，夕陽打下折射出一種奇異又美麗的光澤。

在那些雙層建築之間都種滿了植物，有的是花草、有的則是蔬菜水果，一些房子外牆上還攀滿了藤蔓，入口與窗戶則掛著圓形的小鈴鐺，海風一吹四處都傳來叮噹聲響。

琥珀在書裡看過，這是第七星區的特色，他們相信把鈴鐺掛在風吹的地方可以招來好運，雖然沒有任何實質上的佐證，但幾百年下來已經變成了一種傳統。踏進街道上，隨處都可以看見賣小鈴鐺的攤位，有的還做成了手環腳鍊以及項鍊，看來佩戴在身上也

是第七星區的一種流行。

他對第七星區的第一感覺就是舒服。

那種海風吹來叮噹作響、街道上有人站著聊天的緩慢步調與氣氛，給人一種很優閒舒適的感覺。

進到港區的街道後，黑梭明顯也開始放鬆了下來，在船上時琥珀可以感覺到他和大白兔都處於高度緊張的緊繃狀態中，連吃飯睡覺都沒有鬆懈過。

「我們先在這裡住一晚，明天出發去我們兔俠的根據地。」走在熟悉的街道上，黑梭帶著身後的少年東轉西繞，經過了幾條狹窄的小巷子後，終於在一棟白色的雙層建築前停了下來。

與其他白石建築沒什麼不同，只是規模大了點，門口除了掛有造型比較特殊的鈴鐺外，還懸著一個酒杯，並沒有任何招牌，藏身在重重的小巷弄之後。

黑梭一點也沒猶豫就抓著懸掛的酒杯敲了門三下，幾秒後緊閉的門扉就從裡面被人打開，站在另外一端的是個紮著兩條辮子的女孩，可能沒比琥珀大多少，紅撲撲的臉上長了一些雀斑，看起來很可愛也很有活力。

開門看見他們之後，女孩呀了聲，連忙上前抓住黑梭的手臂直接將他拉進來，「哪裡去了，怎麼放著這邊沒聲沒息，出事了。」

「怎麼了？」隨手把青鳥放在一邊的空桌上，黑梭和女孩快步走向店內的吧台。

進門之後琥珀才發現這裡好像是間餐廳，但一個客人也沒有，偌大的空間只有桌椅和簡單的擺飾，中間懸掛一盞黃色大燈就是照明來源。

就在他打量這間寂靜的店家時，提著的大白兔也有了動靜，好像不怕被看到就直接從提袋裡鑽出來，「在下也去看看狀況。」說著，就跳下地，跟著黑梭他們跑過去了。

看來這裡是大白兔他們的某個分駐點吧。

立即判斷出這個事實，琥珀順手將店門給帶上鎖，然後揹著睡死到最高點的青鳥也跟著走向了吧台的方向。

看他們跟過來，女孩呆了一下，黑梭拍拍她的肩膀說是自己人之後，才鬆了口氣。

在他們簡短的談話中，琥珀才明白這家店好像是黑梭的產業，因爲下一句話女孩直接喊出了他的身分。

「前幾天強盜團回來了，我們聽老闆先前留下的吩咐暫時不開店。他們下船之後就往中地帶去，接著聯盟軍突然巡視加嚴，沒辦法貼近監視，不久之後北海他們就突然失去聯繫了。」女孩緊張地比手畫腳說了現在的狀況，「一九去找曼賽羅恩求救，但是還沒回來。」

黑梭和大白兔對看了一眼，皺起眉，「叫一九回來店裡，我們馬上進中地帶，幫我準備一下高速車。」

「好。」女孩很快地跑開了。

「看來他們的速度比我們快。」黑梭轉向大白兔，臉色很嚴肅，「奇怪了，怎麼會比芙西快那麼多天。」大陸第一的芙西照理說應該會比強盜團還要快，但是現在看起來，那些強盜團使用了更快速的手段。

「如果他們擁有飛行器技術，那就不能用一般的方式來評估。」大白兔也很嚴肅地開口：「在下很擔心其他人的安危，那些強盜進中地帶應該是衝著我們去的。」

「我也是這樣覺得。」點頭認同，黑梭轉向了一旁的琥珀，「你們兩個小朋友先暫時留在這邊住幾天，那些行李也幫我們送到這邊吧，我和兔俠要用最快的速度先回去我們的據點。」

「嗯。」看起來那邊也不安全，琥珀瞄了眼睡死的青鳥，突然有點高興他學長現在是死亡狀態，所以他也就樂得直接答應待在這邊。

畢竟他又不想當處刑者，這些處刑者和強盜的事情，就讓他們自己去解決吧。

第六話▼▼▼潛藏的影子

不管遇到什麼都不能哭。

永遠都不能在他人面前示弱。

他看著眼前散著淡淡微光的人。

紅色的眼淚以及迷濛的眼睛。

那是他的祕密，從來沒有人知道，也沒有人看過。

只有他，是在某一天晚上得知這個祕密。

「我會幫你保守祕密。」豎起手指放在唇上，他輕聲地告訴對方，「就像以前一樣，所以沒關係、沒有關係，醒來之後你就不會這麼難過了。」

他們是互相保護著，即使在對方醒來之後根本不會記得這些事情。

人爲造成的痛苦，每個人都擁有。

「要笑……」流下紅色眼淚的人勾起破碎的笑容，「一定要笑。」

他張開手，抱住脆弱的軀體，輕輕地摸著對方的後頸，「阿克雷會守護我們。」

「一定要笑……」

□

黑梭停頓了下。

「怎麼了？」回頭看著同伴，大白兔低聲詢問著。

「沒事，總覺得好像有點不對勁。」按著額頭，感覺不太舒服的黑梭皺起眉，「應該是從剛剛開始氣味就被混淆，沒辦法完全掌握狀況，所以有點不安。」

全速回到中地帶後，黑梭和大白兔發現到處都是巡軍，他們位於中地帶的基地顯然也被襲擊過，到的時候已經完全被破壞，但是有自己人啓動保護機制的跡象，所以他們正在走地下通道往另一個更隱蔽的藏匿點去。

因爲已經過招好幾年了，所以聯盟軍當然也知道他們這裡有高階野獸系能力者，後期開始，攻擊時都會施放混淆嗅覺的煙幕武器，就算是深入地底，還是會持續影響。

「里歐，你跟著在下有幾年了？」

「不、不要突然叫我本名，嚇我一跳。」呆了半秒，黑梭挑起眉，不曉得對方爲什麼在這種地方突然聊起這個話題，「十七年左右吧。」他很小的時候就已經在大白兔旁邊幫忙了。

就如同先前和小茆說過的一樣，他出身於第七區的外城區，父母和弟弟妹妹們都只是平凡人類。

他出生小鎮的所在地非常偏僻，一邊面山一邊臨海，是非常不妙的地理位置。不但會被強盜攻擊，也會被海盜攻擊，遠一點的聯盟軍要趕來必須花上很多時間，駐鎮的軍隊人數又太少，每當盜匪襲擊時，全村組成的自衛隊伍必須聯合很少的聯盟軍一起抵禦各種盜匪。無力抵抗的小孩就要全部聚在一起，藏匿在地下避開攻擊。

開始顯現出力量後，父母都非常高興，因爲村裡沒有多少能力者，除了村長之外就只有聯盟軍裡有兩名中階能力者，但這些特別的戰力還是不足以抵禦更強大的盜匪，所以長期處在很艱難的狀況下，每個人都希望能夠生出能力者來幫助村裡，對於他的能力顯現，當地的聯盟軍也都睜隻眼閉隻眼，根本沒將他是能力者的事情向上呈報。

所以在他很小的時候，就已經跟著鄰居較大的孩子們幫忙照顧小孩，幾十個小孩們聚在一起，感情比跟大人們都還要親暱。

對於星球聯盟軍來說很頭痛、甚至恨不得拔除的能力者，對他們小鎮是一種類似救贖的能力。所以當地的駐軍極力幫忙隱瞞，之後顯現能力的幾名孩子也全都被隱藏了下來，並沒有被中央聯盟軍發現，他們就這樣在各種大小戰爭中慢慢長大著。

十七年前，小鎮又再度遭到攻擊，人們又重複著被襲擊洗劫的命運。

但是這次不一樣，不但強盜團來了，還聯合海盜團一起進行前所未有的大規模攻勢，當時很反常地，從海的那端也趕來了不少自由行者以及第七區的處刑者們，後來他長大後才知道，那些行者是來自荒地的支援。

可是即使來了再多自由行者和處刑者，也無法保護這個區域。

小鎮的聯盟軍被攻破，小鎮自衛隊也被殲滅，行者和處刑者們保護孩子們逃出的過程中很多人遭到屠殺，強盜團根本不打算留下任何活口。

對聯盟軍來說，這不過就只是座偏遠小鎮消失的事件而已，地圖上打了一個叉，自此少了一個長期不想布置人力的麻煩區域。

他就和其他人一樣，被保護逃出之後，聯盟軍協助殘存下來的鎮民和孤兒們舉辦了統一的葬禮，埋葬了那些殘破的屍體，在附近立下了慰靈碑，然後發放了金錢、安排了

工作和教育讓他們繼續活下去。

第七星區太弱小，擁有廣大的土地，卻無法和強盜、海盜抗衡，以至於許多區域長不得不私下和強盜們合作，暗地勾結提供各式各樣的物資和土地，來確保一般民眾的安全與耕作。

但是這是不對的。

就算有著守護大多數人這樣的理由，聯盟軍依舊不該向強盜妥協。

於是他放棄聯盟軍給予的所有，加入了兔俠的組織。就在兔子保護他的那晚開始，他效忠協助兔子抗衡強盜集團，總有一天聯盟軍會認清楚他們不能屈服於強盜，聯盟軍應該要尋找有力的能力者與之攜手合作，以第七星區自己的方式對抗那些強盜集團。

因爲野獸基因的關係，所以他擁有體型和能力優勢，沒多久就開始跟著大白兔到處協助處刑重大罪惡或是抵禦強盜。

還不夠。

他們做得還不夠多。

去過第六星區之後，黑梭更深深體認了第七星區太過衰弱，能力者被長期處決後已經所剩無幾，不友善的環境讓能力者們寧願閉上眼睛不去幫忙，也不想用自己的生命去協助他人。但是會衡量處置狀況的第六區，不管是月神或是泰坦都發展得非常強大，這同時也會帶動其他能力者加入維護秩序的一方。

還不夠多。

有生之年，一定要一口氣將第七星區提升到成爲能夠讓其他孩子可以順利長大也不用失去父母的地方。

「在下希望能夠和你搭檔到最後。」拱起手，大白兔深深地朝青年一揖，「十七年來，眞的非常感謝你。」

「有什麼好客氣的，我們的道路一致，就一起走吧。」拍了一下兔子大大的腦袋，黑梭揉揉鼻子，「別在這種地方突然說好像交代後事的話，有點可怕，走吧。」

大白兔連忙搖頭，「在下沒那個意思，只是突然想到……」

「好好，我知道，快走吧。」

□

「什麼！你居然就這樣讓他們去了！」

直接睡到第二天，一大清早醒來的青鳥聽到他學弟冷淡的敘述後，馬上爆出驚呼：「琥珀你怎麼可以這樣！身為優良百姓，我們應該趕快跟著一起上路，看看有什麼要幫忙要協助的啊！都知道有危險了怎麼讓他們兩個自己回去啊，如果出意外怎麼辦！」

「我覺得會出意外的應該是跟去的我們兩個，然後真的就先提早上路了。」邊咬著暫時改變眼睛顏色的藥片，邊這樣潑冷水，琥珀突然感謝起波塞特那杯酒，不然他們的人生真的要畫上句點了。

「居然啊——」

無視於青鳥悔恨的鬼叫，整理好自己的琥珀走出客房，直接下樓梯到一樓。

比他們更早起的女孩已經把店面整理得乾乾淨淨，一塵不染，不知道是不是黑梭離開之前有給她開店的命令，總之大清早的店裡已經零零散散地坐著幾個看起來應該是當地居民的人在吃早餐。

吧台裡是另外一個大塊頭的黑人，昨晚回來、叫作一九的另一名店員，女孩自我介紹之後知道她叫作香朵，兩個都是黑梭手下的員工，同時也知道兔俠組織，在這邊除了打理店面外，也負責一些情報和聯繫的工作，和先前青鳥遇到的黛安很類似。

「這邊坐。」看到琥珀下樓，香朵很愉快地領著他到雅座去，迅速上了一套早餐，「老闆留了口訊，給你們兩位準備了一些行程和帶路人，港區的觀光旅程也在裡面，看你們要怎樣安排唷，當作來渡假玩得愉快點。」

「不用那麼麻煩，我們自己到處走走看看就好。」還觀光旅遊，樓上那個都已經在哀號亂叫了。琥珀喝口茶，無奈地搖搖頭，「他們那邊有狀況嗎？」基於良心，還是多少問一下。

「沒有，昨天出發後也聯絡不上。」香朵臉色有點沉了下來，看起來也是很擔心，但很快就恢復爽朗的笑，「沒事，老闆他們常常這樣。」

「嗯。」也沒打算追究的琥珀默默吃起了早餐，香朵則是繼續招呼其他客人去了。吃飯時，聽著附近客人打鬧聊天的內容，他多少也聽到了些與這家店相關的事情。

首先，這家店成立沒有很久，附近有個老人家邊吃邊感嘆說，五年前在這邊開店時，他實在是很不看好這種無牌又在巷子深處的店，結果沒想到這邊提供的早餐意外地

營養好吃，現在早上不過來喝碗蔬菜燉煮就會渾身不對勁，但是年輕老闆好像經常不在店裡，聽說是出去找食譜了，所以店也常常無預警地休息，眞是讓人困擾啊……

很難想像那個黑梭做飯的樣子，琥珀嘖了聲。在他家時不是一臉什麼都不會、他還得幫他們弄吃的嗎！

再來就是一九和香朵不是當地居民，比較年輕一點的在聊著想要追求香朵，香朵和一九好像是幾年前被店老闆帶回來的，之前剛開店時是個老婦人，後來婦人辭職了。那時候居民都對香朵他們很陌生，但是女孩笑臉迎人又很討喜，很快就和大家混熟了。

最近幾個年輕人組成追求團，要比誰的運氣好，可以把香朵帶回家……

差不多就是一些日常閒聊，但也提供了琥珀一些必要的訊息。

吃飽之後，那些閒聊的人也都陸續離開店家準備工作去，端著香朵準備的早餐往房間走去，還沒靠近，琥珀就先聽見一道慘叫，而且那個聲音恰恰好就是他家學長的。

他學長遇到危險反而不會叫這麼慘，所以一定是其他事情。慢慢地晃回房間，打開門果然看見青鳥對著昨晚芙西事務處送來的行李驚恐地喊叫——

「怎麼會是這個！」說著，丟出一件精美的月牙色洋裝，「爲什麼會是這個！」接著又丟出粉紅色的蓬裙小洋裝，還附帶長裙襬。

「學長，你是上癮了所以預備來這邊全程都用美少女裝扮現身嗎？」看他滿箱行李全都是華麗麗的洋裝，琥珀不由得皺起眉。

上船時主行李是用託運的，他們隨身只攜帶部分換洗衣物等幾樣輕便行李，所以還眞沒發現青鳥裝了一整箱的洋裝來第七星區。

「我沒有！」用力地挖到箱底，青鳥絕望地看著連箱底都是洋裝，他的男子淚都快噴出來了，明明出門前他整理行李時是放平常可以穿的輕便衣物啊，爲什麼會……

「啊！小茆！一定是小茆搞的鬼！出門前一晚我收完行李後她突然跑進來說要幫我檢查行李，就把我的行李給拖走了，後來還回來時我就沒特別再檢查一次！」竟然連內褲都把他換掉了！

看著整打蕾絲純白小內褲，青鳥的臉都綠了。

琥珀默默地走到他學長旁邊拍拍他的肩膀，試圖幫他振奮一下精神，「放心吧，我整套化妝用具都帶齊了，還有染色和接髮用具。」

「誰要你化妝！我有說我要化妝成美少女嗎！你隨身攜帶化妝用具幹什麼啊！」

覺得自己已經快要精神崩潰了，青鳥用力蓋上行李箱，決定要把這箱妖魔鬼怪給封印起來，「我絕對不會認輸的！沒關係！有人的地方就餓不死，我等等就出去買新衣服！」

撿起被丟在旁邊的粉色洋裝，琥珀端詳了一下，「都是上等布料，蕾絲也是手工製作的，這一套價值不菲，學長這可是月神的愛心，你這樣踐踏好嗎？」踩過那顆鋼鐵般的心可能會換來鋼鐵般的拳頭，殺傷力是很大的。

「我管它是不是上等布料！我不要變美少女啊！我要當個正常的男子漢！男、子、漢！不是美少女代替各種東西去懲罰壞人啊！」看他學弟還在對著洋裝嘖嘖評估價位，青鳥就想衝上前把洋裝撕成兩半扔出去，但是一想到小茆可以一拳打破牆壁，他就覺得應該要對高價位的東西好一點，整理完再全部完整地還給原主人吧。

「我是覺得還不錯，你再考慮看看吧，說不定眞的用得上。」說眞的，他覺得他學長當美少女比當普通娃娃臉還要好很多，打扮起來眞的很像陶瓷娃娃，眞是可惜了這個天然資源，好好培養搞不好可以男女通吃，全員皆殺。

「鬼才要考慮啦！」

□

悲憤地吃過飯，青鳥立刻拖著他學弟上街重新買衣服。

不管怎樣，他是絕對不會去穿那些鬼衣服的！

出門前在香朵熱心的介紹下，他們馬上就找到港區專門賣衣服的幾個店家。就和第六星區一樣，雖然經常被海盜襲擊，但是第七星區的港區也是很重要的交易區域，來自各星區、各式各樣的服裝都可以在這些港區的商店看見，也有不少特色服裝。

他們稍微看了下，就選定了販售較類似第六區服裝款式的店，開始找需要的衣服。

「這種的好像也不錯。」看著小朋友的童裝展示，琥珀很認眞地幫忙挑選，「大小也很適合。」

「適合你的胡說八道啦！」居然給他看起童裝！明明沒那麼小！青鳥直接朝他學弟的後腦刮下去，然後轉過去看青少年的服裝。

其實他更想去逛成人服飾，可是之前都被店員笑尺寸不夠，不然就是小朋友不太適合穿這種喔，所以他也就認命退一步看少年區的。

「我幫你搭配吧，你去試穿。」看青鳥左抓一把右抓一件完全沒個章法，被硬抓來的琥珀呼了口氣，有點看不下去地拉開他學長，然後先挑了幾件塞給對方，就把人踢進更衣室了。

看著滿手的衣服，青鳥抓抓頭，只好乖乖地一件一件試。

試到第七件時，他突然聽見外頭傳來一陣騷動，那些聲音本來應該是在店外，很倉促的一陣腳步聲，接著就是店內客人們的驚叫聲，然後是那群人的話語——

「麻煩請清店，西港區指揮官的千金入內。」

西港區……啊，應該就是說他們所在的港區都市，看來這邊地名和第六區多少有些差異。

青鳥思索著昨天兔俠他們所說的中地帶，對照下來，恐怕就是第六星區主要行政區之類的地方，那麼如果要過去，交通應該還滿方便的，晚一點找看看這邊的動力車或推進車，應該可以追得上大白兔他們。

就在思考之際，店內又傳來一連串聲響，邊想著到底是哪家小姐那麼麻煩，窩在偏僻更衣室的青鳥邊偷偷把門開了條縫，瞄出去。

原本就不怎樣大的小商店裡站了幾個高大的聯盟軍，是那種低階的巡守隊員，看這種樣子八成是以保護特別身分人士的理由出動的，威風凜凜地站著，識時務的客人早就自行離開，幾個還在逛的也都被請出去。

從這個角度，青鳥沒看見他家學弟，也不知道是被請走了還是和他一樣藏在角落，總之沒看見人，也沒有發訊息給他，不曉得又在做什麼……希望不是在某個黑暗的地方入侵第七區的聯盟軍資料庫，把人家千金的祖宗八代查個乾淨。

正在隨意亂想時，幾個聯盟軍開始往外退守，隨之，一個穿著洋裝的纖細身影走了進來。

那是個看起來可能和自己差不多高的少女，白皙的皮膚和燙了個大鬈及腰的橘色長髮、褐色的眼睛……

青鳥揉揉眼，有瞬間覺得自己搞不好是看錯。

走進來且穿著昂貴白色洋裝的少女，分明就與他看過的朱火強盜少女長得幾乎一樣，只差在那個膚色和頭髮樣式，還有少了個刺青。

下意識地抹了把冷汗，之前經歷過琥珀的變裝，所以青鳥知道不管是頭髮長短還是

膚色都是可以改變的，就連眼睛的顏色也一樣……現在的重點是，如果她真的就是那天的強盜，那麼爲什麼聯盟軍會說她是指揮官的千金？

該不會那個指揮官也是強盜團的人吧！

聯盟軍與店員全都退出去、店內只剩下那名指揮官千金後，正打算退出去的青鳥注意到少女似乎往他這邊看過來。

對方幾乎瞬間就發現這裡還有人了！

「無禮，出來！」

連叱喝的聲音聽起來都一樣。

本來想試著逃逸的青鳥突然改變想法，他就這樣慢慢地打開門，直接和對方照面。要確定對方身分這樣最快了，就算不是，頂多也就是被轟出去而已。

但是如果她是……

幾乎是同一秒和他對上視線，少女瞪大了眼，「又是你！」

她果然就是那個強盜！

□

「爲什麼強盜團的人會在這裡！」

指著少女，青鳥努力地思考，「梅莉、梅莉……」還是美麗什麼的？

「住口！」直接喝了聲，少女撩開裙襬，毫不客氣地抽出短刀指向對方，「賤民！我是西港區指揮官之女，名字不是你們這種一般人可以放在嘴裡的！」

「啊，美莉雅。」終於想起對方的名字，青鳥拍了下掌，接著看回去，「現在又沒有別人，少裝了，妳我都知道妳是朱火強盜團的人，叫妳名字也是剛好而已，難道我要一直叫『妳這個小強盜』嗎？」

但是爲什麼她會是指揮官的千金？

少女皺起眉，有點憤怒地低吼：「住口！」

「雖然不知道妳是不是眞的，但外面的聯盟軍應該是貨眞價實的，我想我們兩個最好都不要在這邊引起騷動吧。」看她好像也不是眞的想動手，青鳥聳聳肩，多少猜到對方在這種公眾場合應該也不能有什麼舉動，所以對自己的生命安全稍微安心了一點。

咬牙，的確不想引起騷動的少女慢慢將刀放回裙下，「不准再叫我的名字！」

「咦？還滿好聽的……」

「住口！我是指揮官的女兒蓓莉，你只夠資格叫蓓莉小姐！」再度打斷青鳥的話，少女恨恨地罵著：「如果敢說出不該說的話，我就將你的肉一片一片割下來，不讓你死，將你送進實驗室裡！」

「好吧，蓓莉小姐，那為什麼妳會在這個地方？」青鳥瞄了眼店外，聯盟軍似乎也發現他的存在，但因少女沒有呼喊反而看似和自己聊天，所以聯盟軍八成以為他們認識，一個也沒有踏進來。「我聽說強盜團往中地帶去了，怎麼只有妳一個人在港區？」

有瞬間，他看見少女的眼神好像閃爍了下，但馬上就恢復那種殺氣騰騰的樣子。

「哼！朱火多的是菁英攻擊者，就算你們趕去，也只能找人幫自己收屍！」

看來兔俠他們真的被強盜團攻擊了。

青鳥沉默了下，「大小姐，你們該不會想要暗殺指揮官吧……」

「閉嘴！我不必跟你多話！」用力地甩過頭，少女氣沖沖地向外走，她一動，外面的聯盟軍也跟著在門口保護迎接。

「妳這樣比較漂亮喔！」

回應青鳥的是一柄飛過來、差點插在他腦袋上的短刀。

幸好他的速度不是普通快，險險地閃過刀之後，那個奇怪的強盜團小姐已經在幾個聯盟軍保護下搭上官方車，似乎又要往下一家商店前進了。

難道他們也像黑梭一樣，強盜團私下有置產，所以才來巡視嗎？

看著遠去的聯盟軍，滿肚子疑問的青鳥一回頭就看到他學弟從外面走進來，邊走還邊關上手上的儀器。

「眞是麻煩的高位者……」

「那是我們認識的人喔！」搶在琥珀抱怨前，青鳥先把人拉到角落，嘿嘿嘿地炫耀起自己剛剛看到的，「那個小姐是朱火那個女的！」

琥珀愣了一下，本來要講的話也全都打斷，就和青鳥大眼瞪小眼了幾秒，才有點疑惑地開口：「那你怎麼還活著？」

「嘎！沒禮貌！我當然會活著啊！就算動手我也還會活著，你也太瞧不起我了吧，爲什麼遇到她我一定會死啊！」立刻腦袋噴青筋，青鳥握緊拳頭憤慨地說：「就算打不過我也可以逃跑啊！我逃跑的速度是第一名啊！」

「是、是，還眞是我失禮了。」止住了青鳥的話，琥珀先把衣服都結了帳，讓店家送到住宿處之後才拉著人離開商區。

一直走到較無人的地方，他們才繼續剛剛的話題。

「你確定她眞的是朱火強盜團的人嗎？」

青鳥點點頭，「她自己都承認了，還要我不可以叫她名字，要叫她什麼蓓莉小姐之類的……」

「蓓莉．安卡嗎……西港區指揮官的獨生女，原來她還有這種身分。」思考了下，琥珀低頭看著他家一臉好奇的學長，才想起來這個人上課都不聽課的，理所當然一些軍政課和時事課也都打瞌睡了吧。「西港區的指揮官尤森．安卡是這幾年上任的，老師們在課堂上說過了，他在任職前就已經是非常有名的聯盟軍將領，對殺除強盜團從來不手軟、立下很多功勞，課堂上有講述幾件他的……」

「所以他是好人還是壞人？」聽得頭昏眼花，青鳥連忙揮揮手打斷學弟的課堂講座。

「以你的標準來說，是好人，而且還是非常優秀的聯盟軍，這兩年第七區的西港區就是因爲有他坐鎮才會如此繁榮。」

「那就奇怪了，好人怎麼會養一個強盜？」青鳥抓抓臉，不解。

「我想，晚一點第七區的軍用網會告訴我們有用的資訊吧。」琥珀無所謂地聳聳肩。

「……你又要去人家的系統逛大街嗎？」這個習慣越來越糟糕了，竟然還可以這麼正常地說出來，青鳥看著他家一臉理所當然的學弟，很想正氣凜然地先給對方上一課，但是想想他也需要訊息，就算了。

好的處刑者身邊總是要有好的情報蒐集來源，所以一切都是可以通融的！

「不過這樣眞的沒問題嗎？聯盟軍也是很強的，你那麼常使用，萬一被逮到怎麼辦？」入侵聯盟軍系統是很嚴重的罪，想知道歸想知道，青鳥還是很擔心對方的動作。

「放心，我去過更難的，到現在也沒人發現。」琥珀說著時看向了海港的方向，語氣也變得很淡：「該知道的人也差不多都不在了。」

「？」

「沒事，總之你不用擔心，我有我的方法。」中止了這個話題，琥珀搖搖頭。

有一瞬間，青鳥覺得他學弟好像很難過，但表面上又看不出來，所以他也無從問起，「好吧，那就先這樣了。是說剛剛那個強盜小姐說我們只能去幫兔俠他們收屍，我有點擔心……」

「那隻通緝犯不是號稱不死嗎？」琥珀冷眼看著很喜歡處刑者的學長。

「黑梭大概會死。」那個就不是棉花身了。

正想回說那眞是太好了落個清靜時，附近的人群突然起了騷動，接著連他們兩個手上的儀器也開始接收到聯盟軍的公共頻道訊息了。

這是來自第七星區聯盟軍公布，預計在本日晚間八點公開處決處刑者……

□

「香朵！」

風風火火趕回餐館，一進門青鳥就發現整間店臨時休息了，一個客人也沒有，而且還有一股血腥味。

一九不在店裡，香朵很快地迎了上來。

「聯盟軍公告要處決兔俠——」收到公共頻道訊息後，青鳥就一路衝回來，然後連忙拉著女孩，「快點告訴我們要怎麼……」

「噓。」香朵豎起手指，然後關上門，看了眼青鳥和琥珀，「兔俠不用擔心，老闆交代你們回來後，就讓你們先下去找他。」

「咦？」青鳥看女孩比劃的是店家下面，有點意外，「黑梭已經回來了？」

「嗯，先下去再說。」

將商店全部關閉上鎖後，刻意留在上面等待的香朵領著兩人走進餐廳後，打開了個房間後開啓地下走道，帶著他們在只有微光的黑暗階梯中走了一段路，又經過幾道安全門，最後才進入了位於餐廳底下的祕密空間。

越是靠近地底下，青鳥覺得那股血腥味越重。

「看來應該受傷不輕。」在黑色的通道牆面上摸了一下，琥珀看著手掌染上的鮮

血，還未乾涸，可見他們要見的人也是剛剛才到達。

最後，女孩打開了地底門扉，迎接他們的是一間相當大的房間，一開門迎面而來就是血味。

地下的房間收拾得很整齊，架上擺妥了各式各樣的儀器和箱子，之前琥珀送過來的東西也都被收納上去了，最引人注目的就是滿地的血，斑斑駁駁的很刺眼；以及擺放在地上、一個巨大的銀色封箱。

一踏進房間，青鳥就看見早先他昏睡時便已出門的黑梭，旁邊還有個他不認識的青年，黑梭明顯受了重傷，赤裸的上身纏滿不少繃帶，脫在地上的衣服也全都沾滿了紅黑色的血液，正在整理藥物的一九顯然才剛幫他療過傷，但層層紗布下還是透出了血漬，不斷繼續擴散。

相較起來，站在旁邊的陌生青年就只有些許輕微傷痕，雖然看起來有點狼狽，但是還不到需要包紮的地步。

「這是北海，我們的輔助同伴。」有氣無力地爲他們介紹，黑梭勉強打起精神，靠在椅子上，「也算是兔俠組織目前的輔助『頭腦』。」

叫作北海的棕髮青年朝青鳥兩人點了下頭，還算好看的臉瞇起了狹長的眼睛，用一種懷疑的目光來回看著青鳥和琥珀。

「你們昨晚到底……」無視對方打探的目光，盯著地上的大銀箱，青鳥想著應該要快點將他們送到醫院才對，醫院有光儀器，可以快速修補傷口。一般這種技術性儀器都必須在專業場所才能操縱，因爲弄不好會引起莉絲爆炸，所以就算是處刑者，應該也沒幾個有這種儀器和技術。

「中了陷阱。」黑梭搖搖頭，纏繞在胸口上的繃帶又更紅了點，「一直通訊不上就覺得很怪了，但是必須要把東西拿回來，兔子也擔心所有人的安危，連夜趕回去才發現我們的基地已經被剷，轉到另外一個駐點時就正中了陷阱。」他們一通過通道抵達駐點後，立刻遭到襲擊，因爲埋伏的人數太多，才會搞成這樣。

「你們突然離開也連繫不上之後，聯盟軍不曉得爲何知道我們的據點，連消息都還來不及收到就突然被攻擊了，撤退到第二據點時又被強盜團襲擊。」青年垂下了頭，露出有點愧疚的神色，「眞是抱歉。」

黑梭拍拍青年的肩膀，示意對方不用想太多，「總之，我和兔子回去才發現是陷阱，除了北海之外的人不是被抓住就是被當場殺了，幸好曼賽羅恩那傢伙即時來幫忙，兔子當誘餌被抓走，我和北海才來得及把這個弄回來。」

看著地上的東西，青鳥不禁又好奇了些，不曉得裡面是什麼，那種大小都可以塞一個成人進去了，一看就很沉重，虧他們傷成這樣還可以弄回來。

「難道有內奸嗎？」香朵驚呼了聲。

「看樣子應該是，所以才抓準我和兔子消失時攻擊。」不太想多說的黑梭嘆了口氣，「可憐了幾個孩子，這幾年才來幫忙，就這樣全部被處決了，兔子大概又會難過一陣子。」

「不用自責，我們早有覺悟。」北海淡淡地說著，然後有點疑惑地看著面生的另外兩人，「這兩位……」

「他們是老闆第六星區的朋友。」香朵立刻代替黑梭介紹，「沒關係，老闆說他們也和第六星區的處刑者有往來。」

琥珀瞪了青鳥一眼，自己什麼時候也跟著有往來了！

青鳥聳聳肩，一臉也不干他的事啊，然後轉向了黑梭，「這樣大俠沒關係嗎！剛剛公共頻道說他今晚八點要被處決耶！而且還是在中央廣場被處決！我們應該要去救他啊！」雖然傳聞大白兔是不死之身，但是萬一死了怎麼辦！

黑梭苦笑了下，「放心，兔子經歷很多次了，而且我們的狀況也無法動手。」他接過香朵遞來的乾淨衣服披在身上，「聯盟軍會公告也是在等我們去救人，但是兔子的確不會死，他會再回來，只要我們這邊不出問題就行。」

真的沒問題嗎？

青鳥還是很擔憂，現在看來，兔俠他們同時被聯盟軍和強盜團盯上還被滅了夥伴據點，接著還馬上發了公共頻道告訴全星區的人，萬一聯盟軍這次掌握了什麼殺兔俠的方式就糟糕了吧！

一直沒吭聲的琥珀突然轉向衰弱的黑梭，「第七星區的聯盟軍與強盜團勾結已經到了這麼嚴重的地步了嗎？」這種一前一後的動作，擺明就是告訴所有人他們攜手合作。

黑梭無奈地笑了下，「檯面下是這樣，一般星區都有兩派，清流和勾結，但是第七星區的比較明顯，已經半檯面化，可能和這邊的區域也有關係吧……」

「嗯。」琥珀沉默了下，沒繼續問下去。

第七星區原本就是較落後的區域，也因爲地域的關係，強盜團與海盜團原本就一直比其他星區還要猖獗，部分聯盟軍和強盜勾結多少也有點和對方談判的意味，睜隻眼閉隻眼讓強盜團進入，得到某些對談和協議之後，可以有效減少各地區的損失。

這也是沒辦法中的辦法，比起經常被強盜、海盜襲擊血染，不如就和他們協定，起碼大多數人可以維持較好的生活方式。

但是這樣一來，部分聯盟軍和強盜、海盜的利益勾結就會更肆無忌憚。

「所以被當成殲滅重點也是沒辦法的事。」北海摸著手上的紗布，淡淡地說著。

「總之，你們兩個也小心一點，香朵這邊只有兔子、曼賽羅恩和北海知道，應該暫時不會有危險，但還是得謹慎。」哼了聲，黑梭按著因爲不斷講話又裂開的傷口，紅色的血沿著紗布滴到地上。

一九連忙又過去幫忙拆紗布做止血處理。

「我們先出去吧。」扯著想要看箱子的青鳥，意識到他們這樣會變成妨礙，琥珀很有自覺地和黑梭打過招呼後，拉了人退出通道。

不管能否幫上忙，他們這些外人在，黑梭和那個青年就沒辦法放鬆休息。

一直到走回餐廳，青鳥都沒講什麼話，只是皺眉在思考的樣子。

這讓琥珀感覺非常不妙，他學長每次作怪前都是這種異狀，越安靜就會越嚴重。

正想趁青鳥還沒說什麼時先逃逸，後面的青鳥一把就拉住了他，接著用讓人想戳下去的純潔無瑕到可惡的大藍眼瞅著他看。

「我們去救兔俠吧！」

第七話▼▼▼傳說中的操縱者

琥珀看著眼前外皮是小男生的學長，沉默了很久。

接著，他開口：「好，學長一路順風。」他會記得在忌日時幫他多放點香料和唸頌禱文。

「什麼！你要我一個人去嗎！這時候不是應該要一起燃燒正義之血，然後我們齊心協力把大俠救出來嗎！」看他學弟竟然一秒置身事外，一直深信他有熱血但還沒沸騰的青鳥有被打擊了一下。

「能力者。」指指他學長，琥珀再指向自己，「非能力者，請你告訴我，我跟你一起沸騰會有什麼下場……算了，不用說，反正就是被當作同黨喀嚓，你要個非能力者和你一起去送死嗎！」竟然要他這種跑不快、對打也勉強的普通學生一起去送死！

「你可以在黑暗的地方幫忙癱瘓聯盟軍的系統啊！」青鳥很認眞地這樣說：「就遠遠地弄，不要進入戰場，苗頭不對就馬上走人。」

是比較想癱瘓他學長的腦袋讓他成爲名符其實腦殘的琥珀做了一個深呼吸，以免自己忍不住動手掐死對方，確定情緒夠平穩之後才開口：「那是不可能的事，要在短時間內癱瘓星區大型系統起碼要兩個人以上才能做到，而且還要完全入侵所有中控，一個人半天的時間沒辦法。」他也才剛到第七星區，都還沒摸熟這邊的系統運作，竟然就要他越級癱瘓，他學長肯定太高估他了。

「咦！是這樣嗎！」因爲常常看他學弟在人家系統逛大街，青鳥還以爲他會像影片裡那些高手一樣，可以在瞬間擺平所有系統，然後他就華麗麗地從天而降，呦呵呵地在眾目睽睽下救走大白兔。

「是這樣。」按下把對方抓去撞牆的衝動，琥珀冷冷地說。

「糟糕，那要怎麼辦才可以把大俠救出來呢？」求救地看著優等學弟，青鳥有點急，「不知道爲什麼我總覺得很不安，如果第七星區眞的有殺兔俠的方式……」

「黑梭不是都說沒關係了嗎。」那種東西大概眞的殺一千次也不會怎樣，對兔俠不死之身也稍有耳聞，琥珀倒是沒有像他學長那麼擔心，但也理解他學長個性就是這樣，估計不幫他想個辦法，他應該最後還是腦一熱就悶頭衝去了。

與其讓他做這種不理智的行爲，不如還是幫他想個辦法比較好。

琥珀頓了一下，才驚覺自己居然又妥協了！

明明就決定好這次人丟著不管，直接上船離開的嗎。

他嘆了口氣，「我早晚有天會被你害死吧……」

「才不會！不管是誰，我一定都會保護你！」早把對方當弟弟看的青鳥立刻反駁，有點憤慨地說著：「絕對、絕對會，不管怎樣都會。」

突然笑了下，琥珀搖搖頭，「你自己保護好你自己就夠了。」被保護什麼的還眞難奢望。

「啥！我才不是說話不算話的人，把你的手伸出來！」硬是把對方的左手拉出來，青鳥把自己的掌心貼上去，「我用瑟列格家族的名義發誓，我絕對會遵守我的諾言。」

就在青鳥說著這段話的時候，他們的手邊出現淡淡的綠色微光。

在這個星球，也不知道爲什麼，只要這樣眞誠地許願發誓，好像就會得到莉絲某種回應，柔柔淡淡的光就是莉絲聚集互相碰撞，但並未釋出毒氣，只有這種無害的光芒。

就算科技再怎樣進步，還是沒人能解釋這種現象，所以就都歸納在偶然說。

信奉起源神和請願主的人則說那是神蹟，神爲了眞誠的諾言而感動，故而讓人知道神就隨時在側。

冷眼看著光芒，琥珀直接往前突破光亮，一掌拍上他學長的腦袋，「下不爲例。」

「嗯！」

環著手，琥珀開始思考可行方法，最後冷笑出來，「學長，你還是粉墨登場吧。」

與其迂迴前進，不如順其自然了。

「嗄？」

□

「老闆，你要不要先去休息啊。」

被留在下方的香朵看著把巨大銀箱推進更底層的黑梭，有點焦急地跟在旁邊，

「傷、傷口又裂開了。」

「沒事，這個比較重要。」關上門，總算安心下來的黑梭呼了口氣，設下了只有自己可以使用的密碼，最後再關上第二層門鎖，才跟著香朵回到大房間。「妳和一九先上去忙吧，繼續收集情報，如果有更進一步的消息再通知我們。」

「好喔。」

讓店員們離開之後，黑梭才鬆懈地坐下來，把臉埋在手裡。

「離開基地前我已經將主機和儀器全部腐蝕毀掉，他們不會得到太多有用的東西。」從一邊的架子上拿下了酒瓶和杯子，北海拉開了瓶塞，「那兩個小孩子眞的可以信任嗎？」

「可以。」抬起頭，黑梭接過同伴遞來的杯子，「愛法呢？」主要負責協助兔子的三人就是他、北海以及另一名女性同伴，其他的則是志願協助者，散落在各地，基地裡也有幾名，大多都還很年輕。

「已經……聯盟軍衝進來時她就在門邊，替我們爭取到很多撤退和銷毀儀器的時間。」沉默了幾秒，北海舉起杯子，「祝禱他們在星河中筆直無誤地回到母星，不再受到任何傷痛。」

「……願主保佑。」

然後他們將杯子傾斜，散著香氣的酒水灑在地面。

重新將杯子斟滿，北海打開了藏在店家下的另外一組預備儀器，「雖然得花些時間，不過這裡的副系統和主機應該可以暫時支撐，等等我會進主機控制室先聯繫上其他人，要他們暫時都隱藏起來，避免被聯盟軍和強盜團追擊。」

「嗯……」喝著酒，黑梭思考著各種問題。大白兔那邊是不用擔心的，現在必須知道的是聯盟軍那邊取得多少他們的資訊，會選在這個時間點攻破他們的基地據點，應該是已經侵入他們系統不短的時間了。

「你先解除能力睡一下吧。」回過頭，看到重傷的同伴還坐在那邊喝酒，北海說道：「這裡已經沒有外人，放心吧，稍微休息再繼續想辦法；你在第六星區應該一直沒有解除過吧。不先解除能力好好休息，傷勢也會恢復得很慢。」

「怎麼說呢……都已經變成一種習慣了，不掌握附近的動態感覺很難安心。」就像現在他坐在這裡，還是可以靠著各種氣味分辨其他人的動作，例如香朵和一九在店後面，那兩個小孩正在客房裡不曉得又在幹什麼，附近的鄰居們一如往常地生活著。黑梭喝掉最後一口酒，呼了口氣，斜躺在椅子上，「那麼我就先睡一下，拜託你了。」

「不要又作惡夢了。」

「那還眞難……」

□

這是來自第七星區聯盟公告，預計在本日晚間八點公開處決處刑者，聯盟裁決區爲重兵地區，一般民眾請勿隨意闖入；踏入禁止區域者，視同處刑者同夥，一律格殺勿論。

再重複一次，請到場觀看的民眾們切勿踏入禁止區域，踏入區域者將同時抹除。

黑夜降臨。

大白兔微微抬起頭，看見了廣場各處都打亮了白燈，即使已經開始進入夜晚，四周還是燦亮如晝。他被人緊緊固定在機骸上，那是一種前世代廢棄的大型機械零件，透過重新組裝後加上了一些程式，可以很有效地成爲處決台。

他被捆上來幾次了？對外公開的次數應該是固定的，非公開的次數自己也忘記了，他從來不會特別去記這種小事。

以前黑梭小時候還不懂，有闖來救他幾次，後來發現他不會因爲這樣而死，就開始信任建立搭檔默契，有時候爲了逃脫必要，他也會特意讓聯盟軍抓到，引開大部分的注意力，然後再轉換新的身體。

看著已經破破爛爛的布偶身體，大白兔再度嘆了口氣，最近身體的耗損實在是有點高，不過這種布偶身也只能這樣處理，幸好要買新的不算太難。

想到一開始黑梭還會抱怨布偶支出有點多而打算自己修補、節儉使用，那個畫面實在是滿有趣的，後來他補了幾次也覺得太尷尬了，還是投降買新的。

「正在爲自己的非法懺悔嗎？」

他看過去，正好對上了一名黑色制服女人的眼睛。女人非常美，有著刀鋒般的氣勢和美貌，黑色的髮盤在腦後，棕色的眼睛直直地看著他，「兔俠，從來不曾抹除成功的處刑者，被大眾謠傳是操縱系能力者的替身。」

「在下不是替身。」大白兔重複了自己講過很多次的話。

「誰知道呢，第七星區的軍隊丟臉了這麼久，總算做出一點成績。」女人轉開視線，看向機骸下方，那裡整整齊齊地擺放著幾具屍體，全都已經用白布蓋上，「沒想到兔俠組織的人比我們想像的還多。」

大白兔紅色的眼睛注視著下方的屍體幾秒，然後傳出淡淡苦澀的聲音：「聯盟軍不應該連孩子都殺，裡面有未成年的學生，他們甚至沒有出手傷害過人。」

他們又再一次的……

「對軍隊來說，這些全都是叛亂者。」女人看著全身上下都被鐵棘固定住的人兔子布偶，「我，布蘭希軍隊統帥的第一指令就是消除所有叛亂者。人不應該擁有使用私刑的權力，這只會讓我們好不容易穩固下來的星區再度動亂。」

「如果聯盟軍都是好人，也就不會有在下這種組織。」

「或許是如此，但是你們依舊只是罪犯。」看了眼時間，女人吹了記響哨，四周的制高點全都降下黑夜的能力者，許多夜魅隱藏在影子之中，光亮處則布署了大批聯盟軍，「對了，這麼多年，我們也研究了你的結構。假使你不是操縱能力者的替身，那或許是精神控制的能力者。」

大白兔看著女人。

「所以，今天晚上只好再來試試新的方法。」

在大白兔的布偶臉上畫了一下，布蘭希踩著高跟靴，重重地走下機骸台階。接著，走上來了個很嬌小的身體，穿戴著斗篷，看不出樣子。

大白兔有點疑惑地看著面前的小個子，比青鳥還要矮小，看起來應該是小孩子。正想開口詢問時，他突然感覺到周遭氣氛一緊，某種巨大壓力從四周擠壓而來。

「原來如此，在下沒想到竟然會遇到罕見的控制能力者。」看著慢慢將斗篷翻開的孩子，大白兔突然怔了下，站在他面前的是個非常可愛的小女孩，看起來約莫七、八歲左右的年紀，圓圓的臉充滿稚氣，棕色波浪的長髮用小花紮在腦後，就這樣眨著藍色大眼看著他。

抬起頭，大白兔看著黑暗的天空幾秒，才又轉向小女孩，「妳……」

「不可以逃走喔。」女孩微笑著，發出細嫩柔軟的聲音，然後將小小的手掌合十，讓大白兔感覺到更深的壓力，「布蘭希大人希望你就這樣消失。」

果然不是同一個人啊……

大白兔無奈地笑了聲，總之應該也不可能是同一個人，就算是也不會是孩子的模樣了。「小女孩，這裡很危險。」

「布蘭希大人在。」女孩衝著他露出大大的笑容，「而且茉莉不怕危險，茉莉是勇敢的聯盟軍。」

如果可以，他也很想像人類一樣對女孩露出微笑，但是現在已經辦不到了，於是只能再度嘆氣，「既然是控制能力者，在下也不會隨意脫逃，小妹妹請不必用全力。」

「好。」用力點點頭，女孩在前面坐了下來，然後將兩隻手放在膝蓋上，「布蘭希大人要我在這邊等到行刑結束，你要乖乖地被殺掉喔。」

「對在下而言，就算是毀滅掉這個軀體，也不表示眞正的消失。」雖然女孩的禁箍有點麻煩，但並未到眞正可以困住自己的地步，最多只能對他造成一點小傷害，所以他才要女孩不用盡力，以免反噬傷害到自己。

「會換下一個嗎？」歪著頭，女孩露出好奇的神情，「茉莉可以換，但是最多兩個，時間也很短，布蘭希大人說這已經是現在所知最高極限了，你是頂端能力者嗎？」

「在下並不是控制能力者，而是體技能力者。」

「不懂，不是的話應該不能換，頂端能力者才可以一直換，可是已經沒有這種頂端能力者了。」苦惱地思考了半晌，女孩搖搖頭，「算了，那些事情大人才要知道，茉莉只要照布蘭希大人吩咐的做就好了。」

大白兔默默地轉向了廣場上的大時鐘，指針指向了七點五十八分。

「好，要加油。」女孩拍了一下手，四周的氣流紛紛旋了過來，緊緊地捕捉住藏在布偶中的靈魂，將他死死固定在白兔裡。

指針向前走動。

「現在，即將開始處決稱爲兔俠的處刑者。」

他看見死亡的黑影降臨，如同那一日。

□

尖銳的嘯音驚動了大廣場的圍觀人群。

幾絲細小的銀色劃入了黑暗，叮噹地打上了不少牆面，數十的鋼鐵細絲在空中劃出了重疊十字，像是巨網般壓下。

「警備！」布蘭希舉起手中的指揮劍，列隊的聯盟軍立即衝出。

就在幾百雙眼睛上空浮現了好幾隻大型娃娃，有大白兔也有松鼠，在民眾的驚訝聲

中緩慢向前移動，最後固定在十字銀線上。

眾目睽睽下，娃娃冒出了一陣陣米色霧氣，圈成一個圓形。

待霧氣散去後，十字線的中心已經出現了人影。

布蘭希瞇起眼，緊緊握著劍柄，然後走上了機骸台階，「新的處刑者嗎……」她看著平空出現的是個華服少女，穿著極度誇張的白色短蓬裙洋裝和大腿襪，戴著蕾絲短手套的手上還握著把同樣華麗的花型傘，腳下蹬著的則是雙厚底鞋。

看清楚上面的少女後，下方普通民眾立刻爆出大量「好可愛」、「快點看這邊」、「今天晚上來處刑我吧」之類的喊聲，其中竟然還夾雜了可疑的歡呼聲和口哨聲。

金色的鬈髮綁了很可愛的樣式，那張臉更是精緻得像是陶瓷娃娃般毫無瑕疵，就連布蘭希也有瞬間看呆，但很快就清醒過來。她揮出劍尖指著對方，「闖入者，報上名來！」

少女露出微笑，下方民眾區馬上有人吹口哨，「我是來拿回我的東西。」說著，她指向了機骸上的大白兔。

「……妳就是本體嗎？」

聽著布蘭希的話，少女突然輕笑了起來，接著轉變成肆無忌憚的大笑，戛然停止時花傘猛地被收了起來，尖端指向了對方，「妳說呢。」

「夜魅隊伍準備！」雖然還無法確認對方是不是兔俠本體能力者，但布蘭希已經確定對方來意不善，立刻朝通訊儀器下命令，很快地，她就發現不對勁了，軍用儀器竟然發出了噪音，傳訊波混亂無法使用。「該死！馬上恢復通聯！」

一旁的副官立刻向附近傳訊隊伍怒吼，也搞不清楚是怎麼回事的科技小隊馬上混亂起來。

正想改用手勢指揮進攻時，布蘭希發現上方的夜魅也全都不對勁了，大多是捂著耳朵，一臉痛苦的表情。

「這就當作初次見面的禮物吧。」少女抬起手，周圍的娃娃突然噴出大量白煙，「兔俠是永遠不滅的。」

白煙降落地面後，不管是聯盟軍還是一般民眾都感到某種冰冷氣息，接著身上突然癢了起來，而且還癢得不得了，好幾個人已開始拚命撓抓身體了。

接著幾點銀色再度飛射，在整個廣場上方拉出大量銳利銀線，少女就像散步般在上面行走著，那些娃娃則在白煙噴罄後，轉噴另外一種黃色的粉末。

「……你們最好不要亂動，越動會越癢，站好不要亂動，半小時後自然就退掉了。還有鋼線是很銳利的，千萬不要亂闖，否則會變肉丁的呦。」看著上方受超高音波攻擊暫時不能動彈的夜魅，少女勾起笑容，甩著花傘，「放心，我沒有要對你們做什麼。只不過來拿回自己的東西……」話還沒說完，便立即向後一跳，躲開了劍尖。

不知道什麼時候上了銀線的布蘭希看著眼前速度竟然比她預料得還要快的少女，不由得謹慎了起來。她原本以為如果兔俠是操縱能力者所有，那麼能力者本身應該相對會較弱，但照這個速度看來並不像弱者，「別小看聯盟軍。」

「我沒有小看啊。」往後一跳，直接落到下一根銀線上的少女笑笑地說著：「可惜是這種狀況，不然真想要簽名，大姊看起來很厲害啊，很少有軍隊統領是女性，真的超厲害。」他可是打從心底佩服對方。

「少說笑了，今天就逮捕妳！」感覺對方似乎在嘲笑她，布蘭希壓低身，瞬間衝向前襲擊，但少女這次又快了她一步，在劍尖掃過前便已避開，不死心地換招再出同樣又被閃過，而且還是那種快到匪夷所思的高速。

她從來不知道操縱能力者能有這麼快的速度，以前扣押的幾個都沒那麼迅速，反而因爲很慢，所以才操縱其他物品來替代自己。

「不要浪費力氣，妳砍不到我的，面對面時朱火強盜團也砍不到。」有點得意自己的速度，少女又往後落下一根線，慢慢讓對方遠離機骸。

「妳和朱火強盜團交過手？」看對方年紀很輕，可能不超過十五歲，但卻已經親身和惡名昭彰的朱火照過面而不是用布偶，這讓布蘭希再度驚訝了。

「比起我們，你們該去抓的是強盜，當心在不知不覺中，聯盟軍已經被強盜團滲透了。」重新打開了花傘，少女微笑著：「布蘭希統帥，如果聯盟軍都是好人，那就不會有處刑者；如果聯盟軍完全清白，那就不會有人爲處刑者歡呼，黑色與白色都沒有絕對的純粹，才會產生在灰色中生活的人。」

語畢，少女持傘輕輕向後一跳，幾乎在同時，空中飄浮的娃娃全部瞬間爆開，噴出七彩的煙霧和乾粉，偌大的廣場在眨眼間瀰漫著各色霧氣，徹底隱藏了處刑者的行蹤。

站在銀線上，布蘭希看見那些粉碎的布偶中掉出了玩具使用的浮動儀，在落地前完全被腐蝕得一乾二淨，絲毫不剩。

冷哼了聲，她揮劍砍斷銀線，穩穩落在地上，彩色霧氣散去後，機骸上已經沒有大白兔的蹤影了，小女孩被人擊昏，躺在一邊。

處刑者的同伴有一人以上。

「整隊！立刻出發搜查！」

□

「請放在下自己走即可。」

黑暗的狹小街道中，被人抱著跑的大白兔發出聲音。

在所有人的注意力都被突如其來的少女吸引後，被霧氣遮蓋身影的大白兔很快就被人從後面救走，立時遠離廣場好一段距離。

放下殘破的大白兔，琥珀呼了口氣，將手上幾個儀器都退掉，順便把拿來發射銀鏢的改造槍扔到別人家庭院裡，「再往前一段路，我們的動力車在前面。」他看著入侵聯盟軍的儀器，上面的數據很多都已經重新被修正了，應該很快就可以恢復通訊。

因為時間太趕，實在無法完全癱瘓系統，只能用迂迴干擾方式來執行，幸好第七區是農業自然城市，對於系統敏銳度沒有其他星區來得高，才能夠這麼順利。

「青鳥小朋友沒關係嗎？」被撈走前，大白兔的確看到穿著華麗洋裝的青鳥降臨，但臉好像和自己認知的有點不太一樣，想想應該是旁邊的小孩又動了什麼化妝的手腳。這也好，用本來的面孔會比較危險，改變一些也是好的。所以那時候在第六星區他才會提出對方要繼續用女裝打扮，就是盡量和平常樣子不同，追捕者才不會立即聯想到。

「學長只要不得意忘形，拖延五分鐘後馬上閃人，該不會有什麼問題，快走吧。」把專程買來干擾用的儀器拆下來關機，琥珀順手拆掉了程式板，然後塞進隨身包包後就催促著大白兔繼續移動。

很快地，街尾出現了黑色的小型動力車，把大白兔塞進去後，琥珀也跟著鑽進駕駛座。約過了幾分鐘，後座迅速竄進另一個人，白色的洋裝馬上脫了下來，露出裡面的簡便短衣褲。

「餿主意！每次都是這種餿主意！」青鳥剝掉全身上下可惡的華麗洋裝，然後把那支該死的花傘也扔到一邊，又踢掉厚底鞋，「我差點在銀線上摔死啊啊啊啊！那個超難

走的！爲什麼最後是噴七彩煙啊啊！」

「學長不是常常說自己平衡感很好，連線也能當平地走嗎。」啓動了動力車，琥珀定位了離他們最近的河道，然後鍵入了高速自動操作系統，就讓水陸兩用動力車一路往河的方向衝，「而且越誇張、視覺效果越好就越能引開敵人注意力，再來就是日後他們就越不會把你和那個女孩子聯想在一起。」爲此，他們傍晚在搭車趕來時還一直在對事先寫好的台詞，和本人平常模樣差距越大越好。

「等等，爲何你們兩位會來救在下？」卡進兩個小孩中間，大白兔發出了深深的疑惑，「黑梭應該會告知不用管在下。」

「這個嘛，伸張正義人人有責，何況是大俠您，如果眼睜睜看著您被處刑就太說不過去了。」青鳥很豪氣地拍拍大白兔的肩膀，「而且琥珀說這樣一來，他們就不會想著要找特殊能力者來處決大俠了，以後比較不會那麼危險。」

大白兔一聽，頓時愣了幾秒，然後越過青鳥看向前面的少年，「你知道那個小女孩是特殊控制者？」

「入侵系統時看到的，統帥布蘭希這兩年招募的得力手下，雖然很小，但有一種可以控制精神力量的特別能力。」趴在椅背上，琥珀懶洋洋地幫青鳥拆臉上的妝層，「反正學長都要去暴衝，乾脆順水推舟吧，不過這樣一來學長你也會正式變成通緝犯喔。」

「這樣我也跨進處刑者大門了！」青鳥熱血澎湃地握緊拳頭。

「不是之前就跨進了嗎……」沙維斯都在追他了。琥珀搖搖頭，覺得自己以後眞的要離他們遠一點比較好，不然眞的就被拖下水當同黨。

唉，他的人生。

動力車無聲無息地滑入水道後，就慢慢潛入河中，依照之前設定好的路線用最快速度離開中地帶。

「你們哪來這麼多錢？」看他們居然是用這種最高速的高級動力車，大白兔也不免傻眼。

琥珀指向他學長，「學長的存款。」

「放心，沒有用很多。」青鳥朝已經呆滯的大白兔比了記拇指，很得意地說：「我存了好幾年，只用到一點點。不過把動力車系統全改掉還加上防追蹤程式是琥珀弄的喔！很厲害吧！我們還一起改裝那些布偶！還有僞造身分系統在附近黑市買車！」

大白兔看了看兩個小孩，突然有種之前真是太小看他們了的感覺，他要重新修正想法……現在的小孩眞可怕！

「黑梭知道嗎？」

青鳥搖頭。

大白兔眼神死了。

他很想好好教訓一下眼前兩個不知天高地厚的孩子，雖然他們確實很有能力，但是這種舉動會帶出很多問題，包括絕對會危害性命……他並不認爲自己的安全有必要用此來做交換。

尤其，他已經害死不少年輕的同伴了。

深深地嘆了口氣，大白兔決定一切都等到回去再說吧，他現在已經有點疲累了。

看大白兔好像想休息，青鳥轉而鑽向前座的副駕駛位上，「應該還要點時間才會回到港區。」下午來的時候他們是搭乘高速定點推進車，速度非常快，但是也花了將近兩個小時左右的時間才到達。

現在順著河道走，速度雖然不慢，但並沒有比較快，估計回到港區也快天亮了。

「學長你們先睡一下吧。」琥珀打開儀器，輸入新的程式，專注地看著各種執行。

「那個大姊應該會追上來吧。」看著上方燈光閃爍的河面，青鳥知道城市已經開始騷動，聯盟軍絕對也會搜進河裡。

「放心，起碼有一段時間追不上。」琥珀在程式跑完後，讓動力車潛入河內的最深處，直接用自然的力量阻絕了搜索探測，「我將病毒植入他們的水域隊伍，現在應該很混亂吧，一開搜索船就會變成『姆特姆特』的播放。」

「咦！你眞的放這首喔！」青鳥拍著椅子大笑。

「學長不是有時候會哼嗎。」

青鳥又狂笑了半天，「對啊，小時候保母最喜歡唱給我聽的。」

「那是什麼？」大白兔有點疑惑地發問。

「兒歌。」琥珀很簡單地回了兩個字。

「嗯。」青鳥點頭，拍手唱了起來：「姆特姆特，住在瑞爾之丘的老頭兒。最喜歡的是小麥酒，最多的是人頭。姆特姆特，行遍天下的正義行者，一刀一個，逍遙快活……」

第八話▼▼▼搗蛋瑞比特

清晨，天空開始轉換成深藍色時，黑梭坐在店裡，一臉黑到不能再黑，然後罕見地出現了劇烈的偏頭痛。

他也才深眠了幾個小時，沒想到醒來之後迎接他的是如此大的驚嚇。

始作俑者就是站在他面前的兩個小孩。

「你們……不是都說不用去了嗎？」揉著太陽穴，黑梭有種自己傷勢好像更嚴重的感覺。

大概是二十分鐘前，這兩個小孩帶著大白兔回來，然後還告訴他說中途把動力車給分解了毀屍滅跡，全部沉進河裡了，走了一大段路才回來，他就整個無言到現在。

香朵和北海、一九他們將大白兔帶下去密室之後，黑梭才忍不住開口：「和聯盟軍正面對上並不是什麼玩鬧的遊戲你們知道嗎！」

「可是，琥珀後來查到的資料說那個小不點能力者可能眞的會對大俠造成傷害啊。」眞正下定決心要救是在比較後面的事，本來青鳥也是抱著眞的不行只好退讓的心，不過琥珀開始幫他入侵時發現有個小的能力者，可能會殺傷眞正的兔俠，才硬是趕上去。

站在一旁的琥珀打了個哈欠，自己找位置坐下然後瞇起眼睛打盹，擺明完全不管。

黑梭有點火氣地瞪了琥珀一眼，他還以爲少年鐵了心會撇清處刑者的事情，沒想到回頭就給他捅了這麼大一個洞，這根本是喊救火還幫忙放火，「昨天一整晚都在播放兔俠眞正的幕後操縱者出現，最年輕的處刑者，搗蛋少女．瑞比特。」

「爲什麼有名字！」青鳥驚了下。

「連後援會都有了，似乎一瞬間就被傳得很廣，還有本日同好集合餐會。」黑梭很嚴肅地說著：「和兔俠原本的支持者完全結合了……兔俠原本就被猜測有操縱者，所以不太意外。」畢竟布偶的身分本來就有各種臆測，現在大多數人只會覺得自己的猜測準確，所以立即就被壓倒性地接受了，幾乎沒有任何懷疑。

「不，爲什麼擅自給我取怪名字！我不要搗蛋少女！誰是少女！我當場沒有開口說我是少女啊！」青鳥噴淚了，就算穿女裝吧！他也不是少女啊！

「很好啊，學長不是一直想踏入處刑界嗎，現在都正式出道了，恭喜。」琥珀二度打了個哈欠，很隨便地拱了下手。

「恭喜你的頭啊！不要恭喜！我才不要當少女！」青鳥發自內心地怒吼：「快點告

訴他們那是少年！不是少女！」不！不對！也不是少年啊！渾蛋！

看著他家完全暴跳錯方向的學長，琥珀面無表情地打開了影像公用頻道，上面立即跳出了立體畫面，正在播放著和處刑者相關的新聞——

處刑者．瑞比特在昨夜現身引發了騷動，重重地給聯盟軍一記痛擊。自昨夜開始，兔俠後援會徹夜狂歡，搗蛋少女瑞比特成爲新一代處刑者明星，後援會人數正不斷激增！

讓我們訪問……

青鳥一秒關掉正在播放他昨晚畫面的視訊。

「你們現在知道引起多大的騷動了吧。」黑梭按著太陽穴，覺得快要腦爆了，「趁聯盟軍還沒正式開始全面搜索，你們快點離開第七星區吧，如果被抓到不是鬧著玩的，兔俠是聯盟軍的死亡名單，你們如果落入聯盟軍的手上絕對不會有好下場。」就像他們其他同伴一樣。

看著還在跳的青鳥，琥珀想了想，開口：「我也這樣認爲，我們該辦的辦完後盡快離開吧學長，繼續待下去會給兔子他們增添麻煩。」按照他的計畫，就算他們離開也沒關係，聯盟軍的目標是那名少女，注意力會暫時從兔俠身上轉開，爭取到給黑梭復元的時間，這樣也已經達到當初的目的了。

「好吧。」青鳥這次很合作地點點頭，「反正大俠沒事就好了，等到狀況比較平息一點，我們再來玩可以嗎？」

「我想，我們去找你們會比較方便。」黑梭笑了下，然後和琥珀換了個眼色，「你們兩個先上去休息吧，搞了一晚也很累了，剩下的事情我們會處理。」

「好。」

□

黑梭嘆了口氣。

「那兩個孩子到底是什麼來歷？」

他一轉頭，就看見北海站在後面，臉色很凝重，「他們竟然有能力混亂軍方系統和闖入救出兔俠，這未免太不可思議。」

「嗯……我也很想知道，而且財力也出乎我的意料之外，如果培養得好，湖水綠可能會是難得一見的『頭腦』；小的那個若能完全發揮自己力量的話，會是非常棘手的超高速能力者。」幾天下來，黑梭其實多少也有些改觀，「不過他們還太小，不應該在這種時候扯入我們的事情。」

「那就要快點讓他們離開這裡，我們已經確定了聯盟軍不會因爲是小孩就手下留情，現在的情勢太危險，聯盟軍和強盜團都還在掃蕩我們剩下的據點，很可能這裡早晚也會不保。」環顧著空蕩蕩的店內，北海語氣沉重地說著：「曼賽羅恩晚一點會來，到時候一起商議吧，不管是他或是我們，都沒有必要的『頭腦』輔助，今後一定得更謹慎地互相配合才行。」

轉過去看著輔助同伴，黑梭讓對方也坐下，「你之後就和香朵、一九守在這裡，調整過後繼續給我們後備幫助，務必要好好照顧『那東西』，如果受到損傷，兔俠可能就會消失。」

「我明白。」北海點點頭，然後皺起眉，「這次據點被滅，我一直覺得不太對勁，聯盟軍來得太快了，一定有人洩露消息；而且聯盟軍一到就對所有人執行抹殺行動，其次才是扣押，連後期加入的孩子和學生們都不放過，除了有間諜外，我認為……」

「聯盟軍和朱火全面合作，是來報復的。」

「嗯，所以接下來要格外謹慎，如果眞的無路可退，就必須考慮撤去其他星區。」

「在下要守在這裡。」

黑梭與北海同時轉向了聲音來源。

嶄新的大白兔從下方通道走上來，乾淨得連一點灰塵也沒有，脖子上還繫著條紅色的緞帶，仔細一看，已經與之前的布偶不同，體型也變得大了一圈。「在下一定要瓦解強盜團，而且不能放著曼賽羅恩，只剩一個高階處刑者無法和聯盟軍、強盜團抗衡。」

「這也是，不能打破現在平衡的局面，除非再來個有能力的處刑者，不然現在其他較小的處刑者還沒辦法抗衡。」黑梭無奈地呼了口氣，然後按著發痛的傷口，「眞麻煩，這問題就等到曼賽羅恩來一起解決吧，反正因為青鳥小朋友他們的關係，聯盟軍應該有陣子不會卯起來剷除我們了吧。」某方面而言，其實青鳥和琥珀眞的幫了個大忙，

但是絕對不值得鼓勵，這根本是沒頭沒腦地玩命行爲。

「是，在下可以暫時有點餘裕。」大白兔轉向一旁的同伴，「黑梭已經告訴你黑島的事情了嗎？」

「黑島？」北海愣了一下，看向旁邊。

「還沒。」黑梭微微呼了口氣，覺得止痛劑效果實在不怎麼有效，「一回來就發生這麼多事，還沒來得及說……總之，我們遇到和黑島相關的人，一個叫作佩特的女人宣稱去過黑島，還從黑島上帶了兩個孩子回來撫養。」

「……人呢？」北海瞪大眼睛，「小孩有沒有出現什麼問題？」

「看起來都很正常，一個現在在芙西上當船員、是能力者，另一個是普通人。你可以去試探看看，他們也在找黑島，但是聽起來不管是小孩或是佩特都對黑島不熟悉，並不知道內情。」黑梭站起身，逕自去吧台裡拿出了酒瓶，然後翻正兩個酒杯，「他們接觸黑島應該是十幾年前的事，黑島肯定已經不在原處了。」

「嗯，黑島會不斷變換位置和隱藏，一般人沒辦法找到。」北海摸著戴有護腕的左腕，「而且幕後有人包庇著黑島，不可能讓人輕易接近。」

「我們追蹤那麼久了也經常撲空，佩特那次也只能說是瞎貓碰上死耗子。」黑梭聳聳肩，正想再說點什麼時，突然愣了下，然後抬起頭。

「怎麼了？」大白兔歪著頭跟著看上去。

「……琥珀的氣味移動了。」

□

扶著牆壁，他微微地喘了口氣。

天色已經大亮，四周街道也都充滿了早起工作的人，到處都是互相打招呼的和樂畫面，這和第六星區多少有點不同，就算是港區，這裡的人看起來似乎都很單純，而且手上有多的農作物也會與人交換，並沒有什麼太大的爭執。

但只要再看清楚點，就可以看見這些人身上都佩帶著武器，而且招呼的對象都只有當地熟識的人，對於外人還是保留著一分警戒。

「果然勞動一晚沒睡還是有點吃不消。」揉著全身都在發痛叫囂的肌肉，琥珀有點無奈地繼續移動。

他還有一些事後處理得做，所以趁著學長躺到床上睡死之後悄悄溜了出來。兔子他們應該也知道自己外出了，不過沒追上來應該無所謂。

打開了改造後的另一個通訊器，他很快入侵了周圍所有道路監視系統，將昨天那段時間可能拍到他們影像或是記錄到他們隨身儀器範圍的記錄都變造過，就這樣一路走到外區的郊外處才算整個完工。

接著還需要一點時間重新入侵軍方更動過後的主系統，將他們昨晚擷取到的少女臉型做點修正。雖然他昨晚化妝時已經有特別幫青鳥修改臉型，但還是再入侵一次比較保險。幸好目前軍方還沒將資料擴散到其他星區，媒體和公用頻道方面目前也是使用軍方公關主機存取，所以不用花太多工夫做這件事，只要變動點讓港口關卡無法契合他學長正確的臉型就行了。

在港都城外找了片安靜的樹區坐下，琥珀呼了口氣，將全副精神都放進系統當中。比起第六區，第七區真是好入侵太多了，連昨晚對陣的軍方資料都可以輕易到手。

正在專注地放置各種數據時，他聽見身後突然傳來了像是硬幣被彈動把玩的聲音。

「你眞的讓人非常驚訝。」

沒有回頭，琥珀面色不改地將正在運作的儀器收進口袋中，「您也很讓人驚訝，沒想到第七區的聯盟軍能容忍強盜團在光天化日之下到處走動。」

「一個小孩在光天化日之下入侵聯盟軍的系統，這和強盜團在街上走動的嚴重程度似乎沒什麼差別。」

慢慢站起，琥珀轉過身，看見了前幾日逼殺他們的朱火強盜團，但是眼前男人的外表與先前看見的有差異，臉上的火焰圖騰已經不見，頭髮也成了梳順整齊的黑色，身上穿著一襲上流名門般的正裝，一看質料就知道價値不菲，像是哪家豪門正要出門參加宴會似地；手上還把玩著一枚很古老的金幣，上面印有起源神的光神圖騰，背面則是雙女神。

「難不成你也是安卡家族的人嗎？」冷笑著看著對方的衣裝，琥珀慢慢退了兩步，靠在後面的大樹上，「你們這些小丑跳的舞蹈還眞多元化，再拿下一層面具之後還會有什麼面目呢？」

「彼此彼此，不過很可惜你猜錯了，我是雷森家族的，正好是第七星區總長的姪

子。」噬勾起玩味的笑，「我呢，昨晚一看到那個搗蛋少女立刻就知道是你們，真是好大的膽子，沒想到你們會來第七星區宣戰。」

「一切都是巧合你會信嗎？」暗暗地估算時間，希望系統修改可以來得及完成。琥珀只擔心來不及會被發現，這樣青鳥等人就處境危險了，「既然現在你是雷森家族，那麼星區總長的姪子似乎不方便在星區屬地中出手殺人吧。」

「是沒錯，而且我仔細想想，一個商品或一顆頭腦都比一具死屍還要好，直接殺了你們還無法讓我完全滿意。」青年挑起眉，退開了一步，「你知道爲什麼朱火強盜團會在第七星區這麼久的時間嗎？」

「……武力科技都不及其他星區。」所以第七星區才會被強盜團滲透得這麼厲害。

「你錯了，因爲第七星區是農作物爲主之地。」

「什麼意思？」琥珀皺起眉。

「你應該很快就會知道了，到時候你就會覺得死才是最仁慈的一條路。」伸出手，噬單手握住少年脆弱的頸子然後收握起手掌，直到對方快要喘不過氣才鬆開，接著舉起雙手向後退開幾步，「今天就到此爲止吧，身爲總長的姪子，並不適合在這種地方和處

刑者動手。」

越過對方的肩膀，琥珀看見了不遠的樹上坐著個人，背靠著樹幹，手上抱著把黑色雕花獵槍，全身幾乎都融入了枝葉當中，沒仔細看根本無法察覺那裡有人，然後他們的左側，黑梭走了出來。

青年冷笑了聲，就這樣瞬間消失在所有人面前。

「沒事吧？」追蹤著氣味出來的黑梭快速迎了上來，然後皺著眉看著對方脖子上的紅色痕跡。

琥珀搖搖頭，手心有點刺痛，張開手掌就看到上面冒出了一些血珠，擦拭之後取出了儀器，入侵系統已經告一段落，正顯示著已完成的訊息。

微微鬆了口氣，終止儀器後，他才看向樹上那邊，揹著獵槍的人也從樹上跳下來，一身的黑衣勁裝。讓琥珀有點驚訝的是那是位女性，剛才看不清楚沒發現，但現在走近之後才看出來是個身材不錯的女性，只是稍微有點高大，幾乎與黑梭不相上下；長相非常英挺帥氣、輪廓深邃，乍看之下眞的很像男性，連挑染一些金色的深茶色頭髮都削得很有個性。

「我介紹一下，曼賽羅恩。」黑梭向女性握下手，然後拍著琥珀的肩膀向對方說：「這是昨晚瑞比特的同伴……算是還沒成熟的『頭腦』，琥珀。」

「曼賽羅恩是女性？」琥珀這次眞的驚訝了，之前光聽名字還有對方身爲處刑者的種種事蹟，他一直以爲曼賽羅恩是男的。

「久聞第六星區的月神也是美麗的女性，眞希望有機會能照面。」女性勾起笑，看起來還是非常帥，聲音也較爲低沉，如果稍微僞裝，眞的會讓人完全相信她就是男性。

「就知道你們一定會驚訝，之前我和兔子也以爲曼賽羅恩是男的，你看看她這個模樣，沒胸部的話根本是個大帥哥，嘖嘖，騙倒多少女孩啊。」黑梭聳聳肩，再度轉向另一位處刑者：「妳怎麼會在這裡？」

將黑槍放回背上，曼賽羅恩才開口：「要去找你們正好路過，我盯雷森家族有段時間了，直覺有問題，就一直在上面觀望。」

「謝謝。」知道對方暗地保護了自己，琥珀也就很老實地道了謝。

「小意思。」隨意揮揮手，曼賽羅恩才仔細打量起眼前的少年，「這就是湖水綠嗎……可惜改了顏色，希望等等能夠見識。不過比起湖水綠，我對你剛才的舉動更有興趣，能這樣快速入侵聯盟軍系統的人不多。」

「這只是課餘消遣……別介意。」

「如果消遣就能做到這種地步，那麼未來一定是非常驚人的『頭腦』。」微笑地伸出手，曼賽羅恩對眼前的孩子第一印象相當好，「我是曼賽羅恩，處刑者。」

與對方握了下手，琥珀也對帥氣的女性有著不錯的印象，「琥珀．沙里恩。」

「沙里恩家族嗎，眞是有意思，你……」

「我們先回去再說吧。」打斷女性的話，黑梭笑笑地搭著琥珀肩膀，「快走吧。」

發現黑梭把體重壓在自己身上，琥珀才想起對方傷勢還很重，前一晚根本連移動都很吃力，肯定是擔心才硬撐著出來找他，他也就連忙撐起對方的重量。

也留意到附近有動靜的曼賽羅恩停止了談話，「各走各的吧，你的店裡集合。」說完，她一轉身，眨眼後已消失在樹間。

「我們也回去吧。」

□

青鳥稍微清醒時，先注意到的是床邊的淺淺呼吸聲。睜開眼睛，果然就看見他學弟的臉整個放大在旁邊，看樣子睡得很熟，深色的髮在微光下映出了琥珀般的寶石色澤，非常漂亮。隔了一條走道是空蕩蕩的床鋪，也不知道是什麼時候摸過來睡他這邊的。

雖然說平時很冷漠沉穩，不過青鳥知道他學弟偶爾會無意識地孩子氣，以前也有幾次半夜睡糊塗爬上他的床擠位置，本人自己也說不出所以然，問多了還會生氣。

其實很想和他學弟說那就是小孩下意識的撒嬌，但是怕對方以後會更小心翼翼，所以青鳥決定還是不要說破，自己偷偷享受一下身為受到信賴的大哥哥的感動。

小心瞄了下時間，已過了午飯時間，昨晚折騰一夜的疲勞也差不多消除了，等等去吃個飽大概就可以恢復最佳狀況。

摸了摸那頭顏色如寶石般的頭髮，青鳥笑了笑，決定再睡一下回籠覺。

「曼賽羅恩在樓下。」

瞬間從床上彈起，青鳥震驚地張大嘴巴：「你說第七星區的曼賽羅恩嗎！他在樓下！」

揉揉眼睛，琥珀打了個哈欠，「嗯，在樓下，跟兔子他們在商量要事。」他被黑梭揪回來沒多久，那個處刑者也到了店裡，黑梭就要他回房休息，算算時間，應該還在下面才對。

睡意全消，青鳥翻出了簽名本，一邊流口水一邊衝出去了。

躺在床鋪上，琥珀抹了把臉，無奈地看著天花板呼了口氣，決定繼續睡他的。

竄出房間後，青鳥快快樂樂地直接衝到最底層的密室裡。

大概是因爲黑梭有交代，中途雖然遇到香朵，但對方完全沒有攔阻，就讓他這樣一路暢行無阻地直接進了地下室。

一進地下室，他就看見黑梭和大白兔都在裡面，另外還有個他完全沒看過的大帥哥，從那種威武嚴肅的氣勢來看，青鳥百分之百直覺確定對方是曼賽羅恩。

「瑞比特？」好笑地看著衝進來的小孩子，原本正在商議事情的曼賽羅恩被打斷，轉而打量著與影像人物其實並不太相像的男孩，「你好，我是處刑者、曼賽羅恩。」

「咦?大、大姊?」本來想先遞出簽名本的，仔細一看，青鳥才驚覺曼賽羅恩竟然前凸後翹，談吐還非常優雅，與他的想像完全不同，幸好剛剛沒有劈頭就叫帥哥簽個名，「呃，妳、妳好，我是青鳥。」

「剛才已經聽了黑梭與兔俠說過你們的些許事情，很榮幸認識你們。」將手放在胸口上，曼賽羅恩行了禮。

連忙還禮，青鳥抱著簽名本往黑梭旁邊走，「請、請多指教。」

「琥珀小弟還在睡吧?」監控著上頭沒有移動的氣味，黑梭隨口問了句。

「應該還會繼續睡啦，琥珀沒睡飽不太容易起來。」視線一直放在曼賽羅恩身上，青鳥巴巴地望著，很想把本子遞出去，但對方出乎意料之外是個女性，反而覺得有點不好意思。

「如果不介意的話，可以讓我看看你的本子嗎?」露出友善的微笑，曼賽羅恩接過了青鳥的本子，「還眞是驚人的收集，第一次看見芙西船員們全體記上名字，可見你有非常好的朋友，不介意的話是否能讓我也簽上一筆呢?」

「請、請……」青鳥抹了口水，雙眼發光地看著女性寫下自己的名字。

「這樣子還真難想像你昨天和琥珀小弟隻身衝進聯盟軍和處刑場裡面啊。」黑梭直搖頭，如果聯盟軍看到昨天讓他們吃癟的小孩現在正在流口水等簽名，一定會很想一頭撞死先。

「我相信琥珀啊，琥珀都說按照計畫就不會有危險，肯定就沒問題。」露出燦爛的笑，青鳥接回自己的本子，「雖然琥珀都說反話，可是一定會幫忙。」

這點昨天就驗證過了，黑梭覺得再也不用寄望琥珀會幫忙攔人，他只會跟著放火讓火勢更大，「總之，我們正在討論第七星區的問題，曼賽羅恩帶來聯盟軍的訊息，已經確定了聯盟軍攻擊兔俠的行動是與強盜團合作，近期似乎也在芙西附近徘徊，你們回去時務必特別小心。」

「芙西？」歪著頭，青鳥想起要和波塞特聯繫一下，如果強盜團在打芙西的主意，不知道他們會不會又被攻擊。

不過話說回來，芙西的護船隊真的很強，貌似輪不到他來操這個心。

「是的，雷森家族與安卡家族的人這幾天已聚集在港口，朱火強盜團幾日前回來後立即失去蹤影，接著就是兔俠組織被一口氣擊破……擊破者正好就是安卡家族，而雷森

家族爲輔。」曼賽羅恩打開手上的儀器，很快地出現好幾條相關的訊息，「更巧的是，這兩支家族都有絕對可信的情報才聯手帶領部隊攻擊，我就是發現雷森家族的頻繁動作才及時介入協助。」

「沒想到才離開一小段時間就這麼多事。」摸著胸口的傷，黑梭搖搖頭，看著旁邊的兔子，「雖然被殲滅，不過兔子還是一樣會出去活動，兔俠可不能這樣就倒了。」

「對啊！大俠絕對不敗！」青鳥握著拳頭，超熱血。

「在下絕對不會因爲此等挫折就輕易倒下，聯盟軍竟然墮落到和強盜團同出一氣，在下絕對要倚天之火行誅這些罪惡。」晃著兩隻耳朵，大白兔語氣凜然地說著：「這幾日蒙受您多方關照，感激不盡。」

「不用客氣。」曼賽羅恩微笑了下，「互相幫忙是應該的，以前也受過你們不少幫助，現在第七星區是這種狀況，剩餘的處刑者最好盡快團結互助，如果讓朱火開發更多飛行器就糟了，一百多年前的戰爭啊……」

空氣瞬間寂靜了，揮散不去的沉重壓在幾個人的心頭。

「一定不會這樣的！」打破沉靜的是青鳥，眨著清澈的藍色大眼，他用力地點了一下頭，「絕對不會，瑟列格家也不會眼睜睜看著星區被毀的。」

「這樣說起來，瑟列格家族似乎是第四星區的……」黑梭突然瞭然地看著眼前的小孩，「難怪我就一直覺得耳熟，但並沒有聽過瑟列格家族有男性的繼承者啊？」

青鳥連忙揮手，「不是你想的那樣，我只是家族很旁很旁的旁系，我是說他們一定不會讓朱火發動戰爭的。」不然第四星區可能就會發動聖戰了，那就很可怕、絕對會超可怕，光想他都有點抖。

「也是，第四星區是神的所在，是絕對反對戰爭的特殊區域。」曼賽羅恩與黑梭等人對看了一眼，「如果瑞比特在瑟列格家族能說得上話，就請他們多多留意吧。」

「呃、我盡量，可以不要叫我瑞比特嗎？」青鳥苦著張臉，超不想要那個可惡的少女稱號。

「嗯……如果處刑者有代號的話，向來是要稱呼代號避免危險。」環顧了室內一圈，曼賽羅恩微笑地說道：「兔俠實際上也不叫兔俠，不是嗎？我們也必須爲身邊人們的安全負責。」

「好吧，那就叫瑞比特吧。」垂下肩膀，青鳥只好乖乖聽從建議，誰教他自己沒有

公開亮名字，現在被搶先取名了。

不過這樣說起來，是不是應該也要幫琥珀取一個？

既然先取先贏的話……

青鳥露出邪惡的笑。

「怎麼了？」注意到黑梭的動靜，大白兔突然開口詢問。

盯著天花板的黑梭皺起眉，「上面好像有什麼動靜，我嗅到很多氣味快速移動，還不斷分成好幾支小的隊伍。」

曼賽羅恩立即凝起表情，提著獵槍就往樓梯門走，一打開正好看見香朵在外面，女孩緊張兮兮地踏進來，「出現異常了。」

「說清楚。」大白兔踏出一步。

「不知道爲什麼，港口的莉絲濃度突然劇烈增加，剛才聯盟軍發出警戒，要附近住戶隨時準備撤退，到現在還沒查清原因。」香朵看著一邊的曼賽羅恩，說著。

「奇怪了，第七星區應該是莉絲最少的星區，不應該會出現濃度倍增的問題。」黑梭皺起眉，實際上，第七星區的莉絲濃度逐年遞減，和其他星區完全不同，現在突然增加一定有什麼問題，「我……」

「你在這邊等著吧，我與兔俠上去戒備。」看了眼黑梭身上的繃帶，曼賽羅恩與大白兔互點了下頭，極有默契地一前一後消失在樓梯中。

黑梭無奈地嘆了口氣，「受點小傷就變成障礙啊，青……青鳥小弟？」

人、人呢？

偌大的空間中，不知道什麼時候就只剩下他自己，還有一臉無辜猛眨眼的香朵。

第九話▼▼▼異變島嶼

他記得這片天空。

暗沉的天空，底下的人們瑟瑟發抖。

青鳥回到了店面之後，就聽見外面不斷傳來了吵雜聲，已經很久不受莉絲侵擾的居民們懼怕陡然增加的威脅。

「把門鎖好。」

轉過頭，他看見大白兔出現在身後，「第七星區不比第六星區，就算沒看見，但潛藏的盜匪很多，一定會趁亂出來襲擊和竊奪，在下和曼賽羅恩出去看看狀況，你們千萬不要給任何人開門。」

「欸……」才想講點啥，大白兔和曼賽羅恩就跑了，青鳥只好乖乖鎖上店門。

好像沒看到一九和北海，大概去做其他輔助工作了。

沒過多久，街上開始安靜。

輕輕踏上了客房層，青鳥推開一條門縫看到琥珀真的還在床上睡覺才鬆了口氣，正打算關上窗時，才發現周圍街道出現了很多影子，並不是走在街上的那種一般居民，而是以極快速度穿梭在各處的迅影。

對他來說，這種速度還算慢，所以他可以很清楚地看見那是好幾個能力者，也不知道是從哪邊冒出來的，瞬間又消失在街道中。

瞄了眼手腕的儀器，偵測莉絲濃度的功能顯示著四周的莉絲的確不斷在增加，速度異常地快，就因爲人體無法感受到任何變化，只能看著數字增值，才會倍感恐怖。

當年戰爭也是這樣，人無法感覺到莉絲的出現與變化，以至於最後莉絲爆炸才會引起巨大的死傷和災難。

可是從窗戶看出去，周邊一帶都沒異常，也不知道莉絲是從哪裡暴漲的，打開了軍方播報頻道也沒有任何消息，只一直重複居民不要輕舉妄動而已。

「眞想出去幫忙……」坐回床邊，青鳥本想把琥珀挖起來一起協助，不過想想昨天已經鬧得對方一晚沒睡了，現在看起來睡得很熟，自己又去吵人好像很不應該。

就在天人交戰之際，手上的儀器突然發出警告聲，青鳥疑惑地打開，赫然發現周遭的莉絲濃度竟已到達紅色警戒，這下子可不是應不應該的問題了。「琥珀、琥珀！」連忙把睡得很沉的學弟搖醒，在對方還在揉眼睛時，他連忙抓著人往樓下跑。

幾乎是在把琥珀拉出房間的同時，外面傳來了空鳴，低沉的警報音迴盪在整個社區，警告居民莉絲已到達危險濃度，現在只要隨便一個小火花或是小爆破，立刻就會引起連環劇毒爆炸。

拉著琥珀下樓，青鳥也看到香朵扶著黑梭出現在店裡。

「太奇怪了，究竟是怎麼回事？」這麼多年，黑梭第一次聽到第七星區發出高濃度警告。

「好像不是演習，軍方也正在警戒。」立刻入侵了軍方連線，剛清醒的琥珀馬上已搞清楚現況，「派出能力者部隊前往港口控制莉絲濃度……學長你過來化妝。」

「咦？又化妝？」青鳥呆了一下。

「既然能力者部隊要來，會有很大的曝光可能性，不如你就用瑞比特的身分吧，反正學長你一定很想出去看狀況的，真的遇到麻煩也可以用處刑者的身分處理。」把手腕上的儀器貼在青鳥的儀器上，琥珀讓對方下載港口的路線圖。「逃命可以用的撤離路線我已經幫你編列好了，只要逃得夠快，依照學長的速度是百分之百可以甩掉敵人。」

青鳥真的很想抱著他學弟親一口先，「琥珀你真的是我肚子裡的蛔蟲！」

「髒死了！」竟然說他是蛔蟲！琥珀一點都不覺得有被感謝到。

「誰說你們兩個可以出去亂跑啊。」被晾在一邊的黑梭覺得自己根本是隱形了，這兩個小的昨晚鬧一晚還不夠，竟然還要出去嗎？「都給我留在店裡，我們底下基地有防具和通道，有事可以從下面逃離。」

「你是說下面控管不嚴的密室通道嗎？」琥珀撥弄著手上的儀器，「只有幾層鎖，不太有保障。」

「你什麼時候入侵我們的系統啊！不准入侵！誰教你隨便入侵組織系統的！」黑梭差點吐血，這小孩居然也把他們系統逛大街了，北海還沒發現！

「不就是現在在你面前入侵的嗎……」關掉手上運作的程式，琥珀聳聳肩，「我順便幫你們修補幾個漏洞，附帶一提，除了我之外，你們現在的備用系統也有被別人入侵過的跡象。」

「……你可以反追蹤嗎？」黑梭無言了。

「要一邊入侵一邊追蹤嗎？」琥珀歪著頭詢問。

「香朵，妳等等帶他去中控找北海吧……」突然覺得精神上有點累了，黑梭無奈地吩咐旁邊的女孩。

「那我可以出去嗎？」青鳥舉手發問，「放心啦，琥珀會幫我，我出去看一下不會有問題！」

「我攔得住你們嗎……」黑梭突然發現這個事實，覺得現在的新人越來越可怕了。

青鳥和琥珀居然默契極好地搖頭給他看。

「隨便你們吧。」他一個受重傷的人還眞的沒辦法攔，黑梭決定死心放給他去了。

有些人就是這樣，即使說不行他們還是會下意識往前，說不定這兩個小孩還眞的是天生要來當處刑者的呢。

他就，靜觀其變吧。

□

「到底爲什麼女孩子一定要穿這麼麻煩的衣服啊！」

一邊扣著鞋帶環，青鳥一邊抱怨。

「不知道，不過學長你好像越穿越熟練了。」看著正在整理一身白色洋裝的友人，琥珀覺得對方的換裝速度眞是越來越快了，連馬甲都可以自己穿好，眞是不簡單。

說起來，曼賽羅恩的勁裝也是馬甲釦環的造型，非常好看，說不定下次服裝可以考慮試試看那種風格。琥珀很快地構思了幾個方案，默默記了下來。

青鳥直接翻白眼給對方看，「都穿好幾次怎麼可能會不熟，如果可以不穿更好。」

「這倒不行，學長你一定要建立起瑞比特的形象，越華麗越好，才可以和現實的本人劃清關係。等時間長了，才可以考慮更換樣式。」幫對方補了點腮紅上去，琥珀滿意地看著自己打造出來的精緻面孔，越是漂亮可愛就越和本人不同。

「知道了啦……」苦著臉看著鏡子裡陶瓷娃娃般的美少女，青鳥又是一陣雞皮疙瘩，不過雖然稍微有點像，卻已經和平常的他差距很多了，連他自己都覺得有點陌生。

「這個給你用。」從行李翻出另一把蕾絲傘，琥珀遞過去。

接過傘後，青鳥往有點重量的把手一抽，才發現雕飾華麗的直握柄居然抽出了細劍，劍上還隱隱約約帶著熱氣，看起來似乎有什麼能量程式。「怎麼會有這個？」這和昨天他們臨時買來充門面的傘完全不同。

「之前從家裡的收藏品帶出來的，因為要製作應用程式需要時間，今天早上才連

結好萬用程式，如果學長眞的甩不掉追蹤，可以用劍破壞對方的系統，這裡面有三種病毒，程度是輕微、中型和毀滅型，輕微可以震盪系統讓敵方短時間當機；中型可以讓他們停擺；毀滅型可以完全破壞軍方系統，但同時也會影響到星區運作。」很仔細地教導對方使用，琥珀嚴肅地說：「這是我花了很久時間的設計，學長你一定要小心使用；還有這傘是特別訂製的，不但很貴也不容易買得到，請好好保存。」

握著恐怖的小蕾絲傘，青鳥突然覺得傘很沉重，「……琥珀你到底平常都在幹什麼啊？」居然開發了毀滅系統，他平常沒看過學弟在做這種恐怖的事情啊！

「總之，除了輕微的震盪病毒可以經常使用外，中型和毀滅型都只能用一次；另外病毒隨時都會被破解，所以學長你要常常拿回來讓我更新。」沒回答對方的問句，琥珀開始收整化妝用具，「學長出去這段時間我會連結你的儀器，避免被追蹤入侵，順便輔助你。」

「琥珀，你眞是乖弟弟——」

一腳把要抱上來的人踢開，琥珀指著窗戶，「要出去就快滾。」

看著青鳥快快樂樂地消失在窗外屋頂上，琥珀才呼了口氣，整理好自己的物品之後，他找出了自組的備用儀器。既然是兔俠們自己邀請他去中控，他當然不可能僅僅幫忙檢視了，哪有入寶山空手而歸的道理。

兔俠存在的時間悠久，那就代表情報資訊也很多吧。

正想著要怎麼把資料庫都複製過來時，琥珀突然咳了幾聲，本來只是輕咳，後來變成劇烈的咳嗽。

「咦……？」

□

青鳥翻出窗外後，發現外面真的空無一人。

蹲在屋頂上，大白天的竟然靜悄悄，可以感覺到人都躲藏在建築裡，但自己實際遇過所以知道，莉絲一旦爆炸，連最堅固的房舍也無法抵擋。

不過這樣剛好，不然自己穿這麼顯眼可能會引起騷動。

他看著，在白天他可以看得很遠，從這裡到港口也不過只有一小段距離，很快地就注意到在不遠處的屋頂也出現幾個人，看上去應該也是能力者，有的蒙面有的著斗篷，也有的大剌剌現出眞身模樣。

實際上潛藏的處刑者還是不少，只是有名和無名的分別，通常出名後被聯盟軍獵殺機率就高，這也就是每區都僅有幾個知名處刑者的原因。

在那些其中，還混有部分的自由行者。

青鳥看見約三、四人成一個團體，打扮都很相似，但氣質不像處刑者，而是散發出一種很隨意的慵懶氣息。

那幾個人快速朝著他來，眨眼就出現在他身邊。

因爲沒有敵意，青鳥就沒特別避開。

「眞的是瑞比特。」領首的是個青年，看起來年紀不大，好像與青鳥差不多，只是長得又高又帥，讓青鳥只想面無表情地把他踢下去。

「沒想到今天就看見本人了，果然好可愛。」在他後面的也是差不多年紀的男性同伴，最後一個是女孩，年紀稍輕一些。「珠珠，妳輸了，她眞的很可愛，不是只有畫面上好看。」

長得秀氣的女孩癟了嘴，哼哼了兩聲：「好吧，我承認瑞比特很可愛。」

不要承認！

雖然很想這樣吼，但青鳥還是哀傷地吞回去，「你們是自由行者？」

「咦？她分得出來耶！」叫珠珠的女孩很高興地跳起來，有點圓圓的小臉露出粉紅的顏色，「爲什麼？」

「……處刑者會盡量避免暴露行蹤，而且很有魄力，你們看起來好像是出來旅遊的。」青鳥默默地說，他還以爲這是眾所皆知咧。

「原來如此。」珠珠點點頭。

領首青年無言地把同伴拉開以免繼續丟臉，「我們是荒地的自由行者，正好路過，沒想到遇上莉絲暴漲，想收集些情報回荒地建檔，瑞比特可以給我們一點意見嗎？」

聽他們的問法，大概眞的把他當成兔俠了，青鳥咳了聲，只好裝出高深莫測的表情，「我也正在探查，你們請自己先行動吧。」該死！他超想向自由行者要簽名的！但這種狀況一定不能要，要維持兔俠的形象啊！

青鳥第一次覺得當處刑者眞難。

「好吧，那就不打擾瑞比特了，見到一面就已經很難得，畢竟是從未露面的傳說處刑者。」三人朝青鳥行了個禮，「有機會再見囉，我們兄妹是荒地的蒐集部隊。」

「下次見。」青鳥也趕快回禮，抬頭之後對方已經走遠了。

偷偷鬆了口氣，不過他也發現其實附近有幾個人也在注意這邊，果然昨晚假扮成兔俠造成了很大的影響。

可得小心一點不要被別人幹掉……

正思考著換個不顯眼的地方時，青鳥突然感覺到從屋頂下傳來震動，原本很細微，只是眨眼開始變得巨大，整棟石建築都被撼動了，強烈的地震轟地聲猛然席捲了整片港口都市。

還搞不清楚狀況，他就先看見港口那邊猛然翻出了黑色巨大的物體。

一開始，青鳥以為那是什麼海底大魚，但那東西實在太大，翻出時幾乎覆蓋了大半片天空，他在那瞬間就發現這東西比莉絲還要危險！

幾乎在同時，港口發出了巨大的警報聲，又急又倉促的聲音迴盪在整個港區，像是末日般到來。

翻高的巨大物體似乎是失去重心，沉重地墜下，地面猛然又是巨震，震倒撕裂了無數建築物，但最大危機並不是地震，而是在巨物翻下後隨之而來的海嘯大浪。

就算他是能力者，也沒有阻止這種毀滅式覆蓋大地的力量。

青鳥那時候就只想到他應該把琥珀帶出來的。

恍惚間，他看見不少人影出現在港區較高的建築上，像是鐘塔、石樓等地，連高揚第七星區旗幟的桿上也站上了人，零零總總約有十多人。

有幾個人穿著制服，青鳥一眼就認出來了，是芙西的護船隊和水手船員，另外幾個很可能是行者或是處刑者，也有身穿聯盟軍制服的人，剛剛那三個年輕的自由行者竟然也出現在前線。

雖然不是統一動作，但青鳥看著那些背影各自發出自己的能力，看起來大多都是風或水一類自然系的能力者，幾十層樓高的海嘯重重摔下時，一股阻力正面與大海的力量互相衝擊，海浪的另一面像是被幾百支針戳穿似地往後拉出許多巨大水柱，繼續向下覆蓋的大部分都撞上了頂蓋般的無形阻礙，水花頓時在半空中發出沉重的咆哮聲濺散開。

光看青鳥就知道那是非常可怕的衝擊，不管是訓練有素的護船隊或聯盟軍都迎擊得

非常吃力，少部分能力者更是已經跪下或摔落了。

即使如此，那些能力者也無法完全抵禦海嘯，港口城市外的空地已經全都被大水沖壞，轟隆隆的巨大聲響與警報揉合成一種無法形容的恐怖哀號。

未被完全阻擋的海水從空中的隙縫落下，就像下起了暴雨一樣，青鳥打開了雨傘，感覺到那種力量很像是有很多拳頭一直砸在傘上，也還好琥珀給的傘滿有力的，竟然可以撐下來。

暴雨間，青鳥覺得自己好像看見柏特跟一支來援的聯盟軍消失在大街的另外一端，更多力量開始幫忙阻擋海水，一點一滴地撐了下來。

也不知道過了多久，水爆終於開始停緩下來。

在海嘯之後，青鳥看見的是滿街道淹高的水位，以及砸爛整座港口的黑色巨物。

一開始青鳥以爲自己看錯了，還揉了兩下眼睛，但他的眼力在白天一向非常好，所以揉了幾次之後還是在那邊，那就是眞的了。

那是一座黑色的小島。

□

「黑島。」

不知道為什麼，青鳥突然肯定地說出小島的名字。

那是黑色的小島嶼，規模非常小，大概有四分之一砸在港口上，剩下的部分還擱在內海，上面只有黑色的岩山和幾棵已經斷得差不多的不明植物，也不知道為什麼會從海裡翻飛出來，乍看之下似乎沒有生物在上頭。

這是佩特的黑島嗎？

不、應該不是，跟佩特那時描述的好像有點出入，他並沒有看見所謂黑色的沙灘，上面的土地和岩石是深棕色的，乍看下很像黑色。

有可能是大戰後的其他污染島嶼。

不管如何，聯盟軍公用頻道已發出要所有人禁止離開建築物、以免被污染的最高警報，也要所有居民打開防具，嚴防莉絲爆炸。

再看向高處，處刑者和行者幾乎已經都消失了，只剩下護船隊和聯盟軍的人。想想

也是，能力者大部分都是通緝犯，處刑者當然不可能留著被抓，就算他們剛剛聯手保護港口也一樣。

手腕震動了下，青鳥才發現是琥珀打出通聯。

「學長你要回來了嗎？」

「呃、我再看一下狀況，那個好像是異變島嶼。」走進了不顯眼的陰影處，青鳥嘗試著稍微往港口移動，「琥珀你那邊還好嗎？」

「北海先生是水系能力者。」

看來應該是非常安全，不過青鳥倒是訝異了一下，原來那個輔助的也是個能力者，但看起來好像不是高階的就是，「我去看看就回來。」

「就知道你會這麼說，那請看完之後盡快撤離，軍方已經發出命令封鎖島嶼，約十分鐘後會有大部隊進入，學長請盡量避面和他們正面相遇。」頓了頓，儀器那方才又傳來聲音：「小島上沒有危害性物質，不過莉絲濃度非常高，請注意這點。」

「……我注意的是琥珀你爲什麼會有這種偵察資料。」邊快速地往港口移動，青鳥邊發問：「軍方不是還沒登島嗎！應該也還沒偵測吧！」

「芙西在附近，已經對島嶼做了初步掃描。」

「芙西在……」青鳥嗆了一下，差點沒絆倒，「別說得這麼理所當然！你什麼時候入侵芙西的！」他學弟才是病毒吧！還是隻超級大的病毒！他怎麼都不知道他學弟這麼喜歡攻擊別人的系統啊！到底是人生哪裡有出錯啊！

「學長以爲我在芙西上閒著沒事都在要簽名嗎？」通訊那端傳來異常冰冷的聲音，冷到青鳥完全可以想像對方是寒著張臉吐出這些話，讓他不由得也抖了一下。

不過身爲年長者，該講的還是要講，「琥珀你要收斂一點，不可以隨便侵犯別人的系統，要知道哪天如果碰上眞正的高手，你會很危險的。」

「喔。」

居然給他一個「喔」字而已！

青鳥覺得腦袋都迸青筋了，不過因爲已經進入港口範圍，他就暫時先關掉了通訊，跳下屋頂。

街道上都是水，青鳥平穩地站在圍牆上，目測水深約有半層樓高，可能是能力者們還有引流，他注意到地上的水都往同一個方向退去，似乎有什麼無形的力量正在牽引。

看來第七星區的能力者們團結起來還是滿強的。

避過了遭衝擊的港口正面，青鳥從附近的岩石處做幾個長距離的跳躍，很快就從黑島的另一側登陸。

小島的確不大，扣掉岩石小山丘外，站在側端幾乎就可以稍微看見另一端的盡頭。

雖然不大，衝撞時還是毀掉了整個港口，也不知道有沒有傷亡。

稍微把這邊的狀況用儀器記錄起來順便也回傳一份給琥珀，青鳥走了一段路也沒發現什麼，正打算在聯盟軍鎖島前離開，就看見兩道影子倏地出現在自己面前。

「大俠！」

一前一後到來的大白兔和曼賽羅恩向他點了下頭，兩人也沒什麼損傷，看來剛剛也是在比較安全的地方。

「看來只是異變島的殘片。」稍作巡視，曼賽羅恩說道。

「在下也這麼認爲，你來的時候有看到什麼異狀嗎？」

看到大白兔轉向自己，青鳥連忙搖頭，「什麼也沒，就這樣而已。」

「嗯，不幸中的大幸。不過看來莉絲暴漲與這座小島脫離不了關係，我們也先撤回吧。」看著港口邊的騷動，曼賽羅恩正要尋找較佳的離開路徑時，突然感覺到不對勁，「小心！」警示的同時，她揮出獵槍，朝不遠處的山丘開了一槍。

青鳥這時才發現對方的武器是低能源改造槍，在這種充滿高濃度莉絲的環境下竟然不會引起爆炸，也不知道是怎樣的改裝。

這個好奇在那槍打上某種詭異的東西後就停止了。

被曼賽羅恩打中後，深色的岩石山丘中發出喀嘎喀嘎的奇怪聲響，接著是一個巨大的物體從裡面拔了出來，上面還黏了不少黑岩。

那是很像機組的物體，骨架腐朽得非常厲害，但又還殘留人工組織……青鳥明白了，這是前世代遺留下的東西，毀滅戰爭前的科技創造物。那個時代星區上有各式各樣的科技物體，在戰爭後污染了無數島嶼，也把這樣的東西留置了下來。

戰前並沒有莉絲的威脅，所以這種前世代機具也沒有防禦莉絲的構造，只要一個處理不好，很容易就會引起連鎖爆炸，非常危險。

還保有動力的奇異機組持續發出怪聲，已經爛成一團的頂部出現了深藍色的光芒，

似乎還試圖分析面前的活動物體。

二話不說，曼賽羅恩對準了機組，幾槍就打壞了關節，讓兩層樓高的巨大機組崩塌下來，最後一槍打在光芒裡，阻斷了動力。

「這是機器人嗎？」上世代的東西都只有在課本上看過，第一次實際見識的青鳥看著地上毀壞的機組，輕聲地問。

「是。」大白兔點點頭，紅色寶石眼睛出現了深沉的光芒，「看樣子，應該是護衛型機械，在下以前見過，幸好已經毀損，否則戰力很強大。」

「看來也帶不走，這……」

正想提議，更多的喀嘎喀嘎聲響打斷了曼賽羅恩的話。

他們同時抬頭，就看見黑色的岩石小丘開始騷動了，無數的深藍色光芒從黑丘中映射了出來。

然後，警報再次響起。

□

「學長，你那邊的莉絲濃度又增加了，而且有極高可能會爆炸，你周圍是不是有什麼危險物品？」

琥珀的聲音從儀器傳來，青鳥轉接給另外兩人同時收訊，「有很多耶。」他還顧著將他們包圍的古老機組，也不知道為什麼，這些機組從岩丘裡突然活動起來，馬上就把他們困住了，不謹慎處理很可能會造成爆炸，所以從剛剛開始大白兔和曼賽羅恩就陷入困境，只能緩慢地拆機組讓它們失去運作能力。

幸好因為機組夠多，顯然也纏住了要進來的聯盟軍，青鳥遠遠就看到港口那邊也出現不少機組，軍隊一時半刻應付不了，與他們一樣頭痛。

把這邊的影像回傳後，青鳥也幫忙拆了些。因為已經瀕臨崩壞，所以這些機組的動作相當緩慢，暫時對他們造成不了傷害。

過了半晌，琥珀終於又回話了，但語氣不算太好，「學長，你以為我給你把傘就只是要你吃飽撐著避雨嗎……」

「啊！」正在用傘敲機組的青鳥才想起來出門時他學弟交代他的話。

抽出細劍，青鳥照著先前琥珀的教導，劍尖極快地釘上了離他最近的機組；幾乎碰上的同時，銀白色的雷光在細劍上瞬然一閃，像條蛇般竄入了機組中，直接震動了阻攔的機械護衛，眨眼後，藍色的光突然黯淡下來，整座機組立刻失去動力，就這樣垮了。

這也太好用！

青鳥馬上就處理掉第二隻。

「這是舊式的機械，已經毀損，承受不了震盪，一個輕微當機就可以處置掉了。」

「原來如此，謝啦。」青鳥很愉快地左閃右躲，沒多久的時間就掃倒一整片機械，原本在拆機組的曼賽羅恩和兔俠也發現了他的動作，有點目瞪口呆地看他掃蕩。

忙了一會兒，總算把大部分機械都癱瘓，青鳥才呼了口氣，收回細劍，抬頭就看見驚愕的大白兔與若有所思的曼賽羅恩。

「我們趁現在快走吧。」也沒留意他們的表情，很高興幫上忙的青鳥瞄了眼還在纏鬥的外圍，看來是不用和聯盟軍正面起衝突了。

「……兔俠會讓你們跟著果然不無道理。」離開黑島時，曼賽羅恩已經重新評估起年輕的處刑者，「不過可惜你似乎沒有學習過正規舞技，如果能好好學習，將舞步融入

且運用在速度中，那瑞比特會更有特色。」

就剛才自己眼中所見，那是個玩耍般的可愛少女，拿著細劍自在地穿梭在沉重的機組之中，白色的裙子翩翩起舞，乍看下相當有活力，就可惜了沒有舞技，不然看起來一定像是舞蹈中的極佳藝術品。

「舞技……」青鳥也不是沒學過，學院裡其實有正規交際的舞蹈課程，但不知道爲什麼他就是學得超差勁，已經把琥珀踩到不想再當他的練習對象了還是沒啥進步。現在連曼賽羅恩都以爲他不會，一整個悲痛了起來。

「在下也略會一些，如果往後有機會，在下可以教你基礎。」

大白兔不說，青鳥還沒那麼悲傷，他一講完青鳥就整個重擊，竟然連個布偶都會跳舞，而且還要教他基礎，這個世界到底是發生什麼事了啊啊啊——

「如果介意的話，黑梭也可以教。」

連黑梭都會嗎……

「不過那個怪島到底是什麼來歷啊？」本來想轉移讓人傷痛的話題，但是青鳥發現自己開口一問，曼賽羅恩和大白兔瞬間沉默了下來，空氣中還有股嚴肅的氣息。

「瑞比特應該知道異變島嶼吧？」沒有回答他的問題，曼賽羅恩反問道。

「知道，很多都是戰後污染的小島嶼，有的則是實驗場，也有的是廢料、垃圾場，大多是天然島嶼，不過有少部分是從星區切割出來的漂流島嶼，因爲星區不希望污染擴散，所以將已污染的部分區塊封鎖後切除。」這些以前學校都有教過，就算青鳥的腦袋再空也知道異變島很危險，一般出現異變島嶼都要避開爲佳。

「是的，就如你所說，異變島大多是這樣形成。」頓了頓，曼賽羅恩解釋道：「我們剛剛看見的應該是某座大型異變島的殘片，可以從上面多數護衛機械確定。可能是因爲某原因分開、切落，在近期不知道爲何沉入海中然後在第七星區出現，從島面狀況看來沉入的時間並不長，且未必沉入海底，較有可能是在海中漂浮，但這種狀況並不正常，可以說並不是自然因素造成。」

「人爲嗎……」青鳥完全想不出來是怎樣的人爲才會把這種小島翻出來。

對了，波塞特不知道有沒有看見，雖然不是佩特說的黑島，但也很相似。

這樣說起來，剛剛琥珀的確說了芙西就在附近，不曉得有沒有受損……應該是沒有吧，護船隊都已經出來幫助港口了，可見芙西應該是相當安全。

就在一群人從另一邊離開小島時，爆炸聲響突然從後面傳來。

莉絲爆炸了。

第十話▼▼▼離去？

紫黑色的霧氣從島嶼中噴爆而出。

「打開防具、快逃！」

記憶瞬間回到在學院的那一天，青鳥聽見港口各處傳來驚恐的尖叫聲以及被莉絲吞噬的尖銳哀號。

不小心引爆機械的聯盟軍首當其衝被捲入，爆炸瞬間吞噬了島嶼上的一行人，連一點皮肉都沒有留下來。

高濃度莉絲眨眼間擴散毒霧，入侵範圍又快又廣又狠，比起學院那天發生的爆炸還要急速。

青鳥看見海的那端滾出圍繞成圓球狀的海水，阻隔了莉絲的毒霧與連鎖爆炸，水球中的是芙西，絲毫未見受損，可見護船隊完全有能力保護船隻。

隨後到達的新一批聯盟軍立即打開各種儀器且補上能力隊，竭盡全力地先將莉絲爆炸壓縮控制在小島上。

即使如此，港口已經陷入巨大混亂，就算軍方再怎樣警報廣播，街道上滿擁出的人只想往反方向逃走，很快地，各種交通工具也擠滿了人，沒有人想留在這種高危險區域。這時候就能看得出星區管制教育上的不同，第六星區即使爆炸，還是會按照正常逃命秩序。

「你還好吧？」旁邊的大白兔突然扶了他一下，青鳥才發現自己跑到踉蹌了。

「沒事！」只是重疊上學校那天發生的事，青鳥甩甩頭，讓自己不要分心了，因爲爆破才剛發生、軍方也已快速處理，毒霧看來已被壓抑在港口範圍，並沒有進一步往裡破壞，只是港邊的建築在遭到小島翻上、海水衝擊，接著又被莉絲爆破後已經全部毀壞，只剩一大片廢墟殘骸。

正想往旅館回去，一旁的曼賽羅恩突然嘖了聲，「莉絲濃度下降了。」

「咦？」

看向自己的探測儀器，果然剛剛仍須危險警戒的莉絲濃度，正以一種不可思議的速度銳減，很快地就降到了原本第七星區的濃度。

「難道附近有什麼高階能力者？」

大白兔和曼賽羅恩疑惑地互看了眼，然後搜尋著四周，但並沒有其他異常感。

濃度降低後，控制毒霧便更迅速了，第七星區本就是受莉絲影響最小的區域，迅速將爆破毒霧都封鎖在島嶼上後，開始進行清釋動作。

看來似乎沒有問題了，因爲居民騷亂，聯盟軍又很快地補上更多軍隊，這讓青鳥幾個人也連忙回到店裡。

因爲有能力者保護，店內似乎沒受太大影響，只有一點進水，從密道回去後正好看見香朵在清理。

曼賽羅恩和他們打過招呼後便自行離去，說自己探查比較習慣。

青鳥也聽過黑梭說她喜歡獨來獨往，總之有拿到簽名就好了，就和大白兔一起往地下中控區過去。

雖說是中控，青鳥看見的不過是個很大、很空的房間，牆面上有各種畫面顯示，北海正在監看島嶼一帶的畫面，琥珀居然就坐在旁邊喝茶，桌子另一端則是坐著正要幫自己換繃帶的黑梭，傷口看上去還是有點糟糕，不過起碼出血已經差不多止住了。

「目前已知有不少死傷。」盯著螢幕上攀升的數字，北海淡淡地開口：「大多是島嶼翻覆上來時不及逃走，以及莉絲爆炸被捲入的犧牲者。」

雖然早知道會這樣，青鳥心裡還是緊了一下。

「幸好莉絲濃度及時下降，不然就不只是這樣了。」黑梭邊說邊齜牙咧嘴地撕掉和皮肉沾黏的紗布，「眞奇怪，第一次看到莉絲濃度會自主下降，到底是什麼原因……」

「後續再追蹤看看，不過莉絲暴漲應該和異變島脫不了干係。」操作著系統，北海回頭稍微看了下青鳥和大白兔，「剛剛收到訊息，因爲港口損壞的關係，芙西似乎要提早啓航了。」

「咦！是這樣嗎？」完全沒有心理準備，還以爲仍有幾天的青鳥訝異地看著學弟。

琥珀點了下頭，「預定三天後傍晚出航，如果錯過這班只能轉買其他船票，但是應該不會有芙西那麼舒適吧。」他們來的時候就已經預約好回程的船票，所以可以優先搭乘，「如果要等待芙西下一個班次，最少必須等上大半個月。」

「可是這邊……」抓著裙襬，青鳥發現自己完全無法放下現在的第七星區，還有很多很多的狀況，他覺得自己可以幫得上忙。

「學長你留下來也沒關係，我可以自己先回去。」他估算了下，自己要辦的事情只要半天就可以處理完，根本不需要和他們折騰更多時間。

「我怎麼可能放你一個人出航啊！」青鳥沒好氣地說著：「不然我們多留幾天，換

別的船隻也沒關係吧，船票我出就好了，應該也有比較好一點的船可以搭。」

「兩位請都搭乘芙西離開吧。」

打斷了兩人的交談，大白兔走過來，拱了一下手：「在下還是希望你們盡快離開，現在此等狀況正好，兩位可以趁亂避開聯盟軍盤查，也可減少被發現瑞比特的機會。在下和黑梭完全能夠應付眼前狀況，兩位請不用擔心，更糟的事情我們都已經遇過了。」

「是啊，還輪不到小孩子來幫我們擔心啦，好歹我們兔俠也縱橫了那麼長的時間，完全沒問題。」更換好藥物，黑梭穿起上衣，「你們就快點離開吧，我想瑞比特回第六星區應該也不會有問題，你可以考慮與月神一起搭檔，彼此有個照應。」

一想到小茆，青鳥就打了個冷顫，他完全不敢去想小茆看到這則新聞會有什麼反應，「我再考慮考慮……」

「那麼，就這樣決定了。」

□

北海關掉了系統。

在兩個小孩離開後，現在中控室就只剩下他們自己人。

「若青鳥小朋友出自瑟列格家族，就不難理解他的財力與他們做事的思考模式。」坐回位子，黑梭按著胸口稍微斜躺下來，「琥珀弟弟剛剛展現的實力也很好……」

「是非常好。」北海修正他的說法，「他入侵速度和方式都很優秀，我完全比不上。」方才香朵領人進來時，他還以爲是黑梭要給對方玩玩碰記釘子，沒想到一進來琥珀就自己解開了系統鎖，在他目瞪口呆之下，一路暢行無阻地入侵芙西與軍方，取得情報和畫面資訊，還順便幫他們找出兔俠系統被侵入的痕跡並順手修復。

所以，北海現在正在重整剛剛被更動過的範圍與新一批資訊。

「嘖，這樣的話……」黑梭眞的有點想要那兩個小孩了，畢竟他們的組織剛剛才受創過，眼前有兩個不錯的人才，雖然小了點，但青鳥不折不扣是崇拜處刑者的狂熱者，也以當處刑者爲榮，另一個雖然表現出厭煩，但很顯然就是和青鳥綁在一起行動，這樣看起來，要吸收他們並不困難。

原本希望他們不要扯入的念頭，不知道什麼時候開始越來越淡了。

「作爲預備，我建議你們最好快點招募，遲早會有其他人收納那兩個小孩。」北海說著：「也很有可能被聯盟軍吸收，這對我們來說也會變成一種威脅。」

「請等等。」打斷了話題，大白兔開口：「在下不想將他們牽扯進來，我們的立場太過危險。」

「但是我們要做的事情很缺乏『頭腦』。」黑梭皺起眉：「兔子你自己也知道吧，不管是黑島、強盜團，或是……那個，我想我們最好把琥珀吸收進來，必要時什麼手段都可以試試。」

「黑梭，想想我們昨天失去的那些學生。」

大白兔冷下聲音：「這麼多年在下也都做過來了，就連沒有你與北海時在下也都渡過了，雖然優秀的『頭腦』難得，但是生命更難得，我們總會有辦法的，如同以往。」他實在是很心痛那些無辜的孩子，每一個人都只是想改變現狀而已。

黑梭嘆了口氣，「既然你都這樣說了，我當然就不會去動他們，放心吧。」不過就眞的可惜了，白白放過助力。

「很抱歉。」大白兔拱起手。

「沒關係，反正你無理的要求也不是第一次了，早知道你是這種人，不然我也不會跟著你。」無所謂地笑了笑，黑梭搧搧手讓對方不用介意，「比起來，你那個要快點找到合適的地方藏，我們主基地被破壞了，這裡肯定也不安全。」

「在下明白。」

大白兔離開後，北海轉向唯一還留在中控室的黑梭。

「你知道，現在的我們非常缺人。」黑梭可以因爲兔俠的想法而退讓，但北海有點不能諒解，他有些憤怒地開口：「我們都是爲了整頓星區而自願犧牲一切，包括性命，就算死了，你們也必須要前進才行。」同伴死了他也很難過，但他們不介意死亡，他們要的是可以眞正放心生活的星區。

「……我想，我們明天再來討論這個問題吧，今天大家都需要休息了。」注意到北海神色不太對勁，黑梭站起身。

往前一把抓住黑梭的手臂，北海冷冷地開口：「你剛剛沒聽見兔子說沒有我們也可以嗎？」

「聽話時不要只聽自己想要的，兔子沒有這樣說。」看著非常不滿的同伴，黑梭輕輕拿開對方的手，重新拉過椅子坐下，「兔子的意思只不過是怕像這次一樣犧牲大量同伴，在第六星區時我們也波及了一般人類，所以他……」

「第六星區與我們無關。」打斷了黑梭的話，北海低頭看著對方，「里歐，我們是爲了第七星區而戰，在這個過程中不管犧牲多少人都是必經的過程，只有流血才能換來和平。第六星區那些人甘於接受聯盟軍的安排，那是他們的事。但是第七星區必定要從現況中解放出來……其他同伴也是這樣想。這是我們的道路，從第一天加入之後我們就宣示會走在死亡當中。」

「我明白你的意思。」

半俯下身，北海將手放在自己的胸口上，就像當初進入組織時那樣，「我們宣示放棄生命爲正義而戰，而英雄爲誰而戰？」

「英雄爲了理念而戰。」

交握著雙手，黑梭筆直看著對方，「但是，並不爲了他人加諸的包袱而戰。我也爲了我自己的道路而戰，雖然那條路和兔子相似，卻不能強迫兔子遷就我的道路而走。」

「那我們就必須遷就他嗎？」北海微低下頭，咬了咬牙，「既然兔俠要走的道和我們有所偏移……我明白了。」

「你可不要做傻事喔。」看著比自己還要年輕的同伴，黑梭很明白對方表面底下有點偏執的心態。

「放心，我絕對不會背叛你的，不管發生什麼事，我唯一不會背叛的就只有你。」聳聳肩，直起身體後北海已恢復正常的輕鬆表情，「就像你效忠兔俠，我也效忠你……如果我不是低階能力者就好了，我們很需要高階能力者和眞正的『頭腦』，才能與強盜、聯盟軍抗衡。」

抹了把臉，黑梭無奈地苦笑了下，「眞是承擔不起啊。」

「兔子不想承擔的話，你就乖乖承擔吧。」

□

黑梭走上店內時，已經是深夜的時間了。

港區的夜晚溫度很低，雖然店內會打開增溫的儀器，但還是可以感受到海風從窗外帶入的冷意。

他看著不知道為什麼沒有關上的窗戶，想著大概是香朵忘記了吧。

這一晚的夜特別深沉。

經過白天的事情之後，港區許多居民已經連夜逃走了，大部分都逃進其他區域，希望能離港區有多遠就多遠，剩下的人也打開防具守在家中。

原本晚間還稍微熱鬧的港區，現在竟就像死城般完全黑暗，空氣中飄散著一種詭異的氣味。

「你的傷沒事了嗎？」

回過頭，他一點也不意外地看見琥珀坐在吧台邊，剛剛就聞到氣味了，還有水果茶的味道，看來琥珀很明白店內的沖泡用具放在哪裡。

「滿痛的，不過大致上沒事。」繞進吧台裡，黑梭從後方的架子上拿下了酒瓶，在杯子裡放入止痛劑後沖入茶色的液體，「你怎麼不睡？」

「用腦過度有點肚子餓。」指了指桌邊放著的一小盤麵包，琥珀淡淡地說著：「酒會讓傷勢劣化。」

「習慣了，反正野獸能力者的傷勢比較容易癒合，無所謂。」搖晃了下杯子，黑梭在旁邊坐下，順手打開了吧台上的小燈，他剛剛上來時還漆黑一片，不知道少年怎麼會摸黑在這邊吃東西。

「還眞耐打。」嚼著已經有點乾掉的麵包片，琥珀微微瞇起眼，偏頭盯著對方，「無論如何，我是不會加入處刑者或聯盟軍，你們可以不用打歪主意。」

看來少年自己多少也注意到了啊。

抓抓頭，黑梭笑了下，喝著有點嗆人的烈酒，「我知道，兔子也不希望你們加入，而且我們還欠你一條命呢。」

「都說了不用介意，那和你們無關。」

看琥珀在講這句話的時候沒有生氣的樣子，反而很平靜，黑梭有點不解，不過也沒有繼續這個話題。「話說回來，你衣服肩膀上那是怎麼回事？」雖然味道很淡，但那些附著在布料上不顯眼的小斑點果然是血吧？

按住自己的肩膀，琥珀臉上浮起不自在的表情，「沒什麼。」

「這個味道好像是……」

「這是祕密。」將手蓋在黑梭的酒杯上，琥珀看著青年，「不可以說出去。」

「你們的祕密還眞不是普通的多，不管是你或是青鳥小弟。」才認識短短幾天，黑梭就覺得這兩個小孩的背景不但複雜，各自隱藏的事還比兔子更多。

「彼此彼此。」他們也沒資格說別人，琥珀也知道不管是黑梭還是大白兔都沒有完全誠實。拿開手，他繼續吃著麵包，「離開之前我會幫你們整理好系統，你們的漏洞眞是太多了，程式上的問題我可以幫你們解決，但是人爲上的問題我就沒有辦法了。」

「啊啊，人的部分我也心裡有底了，謝謝。」

「所以你的眞名叫里歐？」

「噗——咳咳……痛痛痛——」摀著嗆到酒咳嗽後又痛起來的傷口，黑梭瞪大眼睛看著若無其事開口的少年，「你怎麼知……啊！你這傢伙，你該不會是利用我們的系統竊聽吧！」他的名字根本沒登記在系統裡，肯定是剛剛他們在控制室講的話全被這小子透過系統連線聽見了，他都忘記這小子已經入侵他們的主機還來去自如。

喝了口水果茶，琥珀舔掉手指上的麵包屑，「我說過了，你們程式漏洞太多，這麼容易就被入侵竊聽是你們的錯。」

看他還講得理所當然，黑梭覺得止痛藥在瞬間完全都沒效了，不但傷口打從骨裡痛出來，連腦袋都痛了，「這也是我的祕密，就麻煩你不要告訴別人了。」真名外流可是很麻煩的，也不知道聯盟軍會不會找上他根本不認識的親戚，黑梭重新把酒杯給倒滿。

點點頭，琥珀也沒打算爲難對方，「我會保守祕密。」

看著他應答得很自然，黑梭想了想，喝了口酒，「你也眞是辛苦，你到底知道多少不能說的事情。」

「不曉得。」微微偏過頭，就著昏黃的燈光，琥珀拿開了對方的酒杯，「兔俠組織是爲了誰的正義而戰？」

「這眞是有趣的問題。」把杯子拿回來，黑梭支著下頷，「那，青鳥小弟又是爲了誰的正義而戰？」沒有一個人會眞的那麼無腦隨便付出，每件事情背後都有他的原因。

再度拿走杯子，琥珀瞇起眼睛，「兔子爲了什麼而戰？」

伸手拿回杯子，黑梭勾起笑，「怕麻煩的琥珀又是爲了誰而戰？」

拿過杯子，琥珀把酒倒進了水果茶裡，「看起來似乎比較喜歡普通生活的里歐又是替誰而戰？」

拿起了水果茶，黑梭直接喝了那杯已經變味的混合液體，「這倒是可以告訴你，爲了實現自己的理想，所以爲了自己而戰。」

「聽起來眞不像是英雄會說的話。」他學長老是說英雄爲了正義和人類而戰，要不然就是爲了星球和平，那種聽起來有夠不切實際的理想。

「所以，我不是英雄啊。」放下空杯，黑梭往前一推，正好撞在酒杯上，「處刑者、兔俠，並沒有黑梭。」

「眞是規避責任。」看著都空掉的杯子，琥珀直接起身收掉了空盤和兩個空杯，「琥珀並不爲任何人而戰，他唯一做的只是相對等的回報。」

相對等的回報嗎？

看著少年背對自己清洗杯盤的身影，黑梭若有所思地想著。

那麼他究竟欠了多大的債呢？

□

黑梭回房休息後，留在大廳的琥珀又發了一會兒呆才回到房間。躺在床上的青鳥已經完全睡死了。

爲了保險起見，他從行李中翻出了特殊香料放在對方旁邊，讓青鳥睡得更沉，不會在中途醒來打擾自己。

看著手上的儀器，琥珀默默地想著，大白兔的系統果眞不怎麼樣，他一邊幫他們修復被入侵的部分，一邊把他們的資料庫拷貝了一份過來，竟然完全沒被發現，難怪基地會被殲滅，眞不知道之前是靠什麼鬼運氣撐到現在的。

鎖上房門後打開自己的行李，拿走上層的化妝用具和輕便衣物，他拉起行李底層。底層一翻開，出現了較大型的儀器平面板，上面浮出正在不斷跑動著的資料與分析，還正與第七星區的聯盟軍系統連線著，一邊將對方的資料盜取出來，一邊將自己這邊設計好的防禦系統和攻擊程式送過去。

坐在地上，琥珀專注地看著分析，一批批傳來的資料全都是兔俠基地被攻擊時的檔案，檔案大得異常，不只有日常記錄，還有更多外來通聯記錄，全都上鎖加密。他拉出了浮空文字和系統，叫出之前做好的解讀程式，一併破解這些下載過來的記錄。

青鳥很喜歡兔俠，也很喜歡處刑者。

雖然很不想幫忙，但是就放著這樣下去，這家小店遲早也會被攻破吧。

拉出影像畫面放在一旁，琥珀啓動了傳送過去的攻擊程式，一次、兩次很快地被聯盟軍的防禦系統擊退，但等他摸清楚聯盟軍防禦系統之後，第三次的攻擊程式就一口氣殺入他們的組織系統中，肆無忌憚地吞噬起通訊程式，同時啓動攻擊檔案庫作用。

這樣子，他們起碼有陣子沒辦法找大白兔的麻煩吧。

打開手上的隨身儀器，琥珀將新的修補程式送進兔俠的系統中控，幫他們建立起更強的防火牆，也放出了自主修復程式，補強了兔俠組織很爛的管理程式。

離去之前做了這些事應該可以達到學長所謂百姓要熱血協助的範圍了吧。

正想趁著還在第七星區多蒐集一點資訊時，入侵的程式發出了警告聲，這也在他意料之中，不過聯盟軍現在才反擊追蹤也眞是慢了點。

中止了對方反擊，琥珀歪著頭，盯著畫面上要求通訊的訊息。

沒想到聯盟軍會主動找他，想了想，琥珀打開了另一個小的通訊儀器放上虛擬系統，讓對方聽見的是瑞比特的模擬聲音。

「你究竟是什麼人？」

聯盟軍那邊捎來的是女性的聲音，但很可能他們也使用偽裝資料，琥珀倒是懶得猜想是誰在和他通聯，「兔俠永遠不滅。」

「妳是兔俠新的『頭腦』，亦或是『本人』？」女性的聲音帶了些許憤怒，「如果是本人，有這種能力，爲什麼現在才出手？」

這還眞是個好問題。

琥珀一邊打斷對方的追蹤嘗試，一邊去想自己到底是爲什麼要幫學長搞這麼多，至於沒出手……其實他以前就很常在第六星區入侵了，也不是沒有，只是最近換環境而已，眞的要給對方個理由好像也就……

「因爲未成年。」

學長老是說小孩子不要亂來！

「……妳在開什麼玩笑！」聯盟軍怒了。

看來對方不接受這種理由。

不太擅長和人交際的琥珀皺起眉，思考著這種時候青鳥或兔子會怎樣應對，按照他們的思考邏輯，好像應該要以處刑者爲先，於是他咳了聲，重新來一次，「因爲你們太過分了。」

「什麼？」

「即使和強盜聯手，你們也不應該讓這些錯誤浮上檯面，飛行器、港口的異變島，我不必再多說。」頓了頓，琥珀邊引爆剛剛送進去的所有攻擊程式，邊引導對方往錯誤的方向追蹤他的位置，「如果只有純粹的黑與白，就不會有灰色的誕生。」

「我不明白妳的意思。」

「那恭喜妳，妳還是個好人……妳就這樣慢慢地戴上面具，和他們若無其事地上演舞台劇吧。」

說完，不等對方再開口，琥珀就截斷通訊，一口氣抹銷所有資料，然後關閉了與聯盟軍的連線通訊儀器和拆除。

從包包裡翻出溶解粉末後，他就把通訊儀器拿去廁所分解了。

確定行李中的主儀器板運作完成後，琥珀才將東西收納回去。

……果然是件超麻煩的差事。

□

「布蘭希大人，怎麼了嗎？」

看著忿忿摔掉儀器的女性，在一旁睡覺的茉莉眨著無辜的大眼，疑惑地走過去趴在女性的膝蓋邊，「不生氣喔，是茉莉的不對，下次茉莉會努力抓住布娃娃。」

聞言，布蘭希神色稍微柔和下來，摸著女孩的頭輕聲地說：「沒事，和妳無關。」她只是對於瑞比特的話語感到憤怒。

身爲第七星區的軍隊指揮統帥，雖然是這兩年才上任，但布蘭希自認手段夠嚴明，也努力想隔絕軍方與強盜私下合作，撇清第七星區多年來的惡習。

可是，在處刑者眼中，他們卻是合作得肆無忌憚還浮上檯面嗎？

思考著之前殲滅兔俠總部的成功，那是星區總長取得可信資訊，才讓她調派部隊去除掉不受控制且犯下許多殺人罪的能力者，同時也有很多正派的家族和官員聯名贊同。

「統帥大人，總長請您立即回到星區總部。」

沉思同時，布蘭希接到副官的訊息，也不知道為什麼，第七星區總長竟然調發了緊急召集，她想或許是和瑞比特有關，於是讓副官帶茉莉去休息後，便使用軍方的高速動力車前往總部。

在早先時間發現軍方系統被人入侵後，布蘭希立即讓手下最好的「頭腦」反追蹤對方，但顯然入侵者的能力比他們還要高……第七星區原本就是科技能力最弱的星區，自然比不上第一星區的效率。即使如此，軍方仍擁有較佳的人才，但侵入者卻完全無視軍方的阻攔，反而反向放置不少攻擊系統，一對話完畢後整個通訊程式就被痲痺了，目前正在盡速搶救恢復中。

布蘭希想起了瑞比特出現的當晚，他們的軍方系統也被人攻擊，那時候她還想著瑞比特除了是控制型的能力者之外，還是個足以對抗聯盟軍的「頭腦」。

但是剛才的通訊過後，她開始懷疑瑞比特其實是兩個人。

因為通訊者講話的態度與瑞比特現身時的說話方式有些許差異，很顯然剛才與她對話的人應該比當時的瑞比特還要年長些，看來應該是「頭腦」沒錯了。而且從對方的話可判定，當晚那個瑞比特不脫十五、六歲，未成年的年紀，或許也是因爲這樣才遲遲沒有出面。

不過這麼說起來……

「兔俠和瑞比特是不同組織？」

如果隸屬同一個處刑者組織，那麼瑞比特不會到現在才出手。

但如果不是同組織，瑞比特也沒道理與兔俠同進同出，也不會幫兔俠重新打造系統防禦他們。

依照過往他們對處刑者的了解，像這種力量較高的處刑者通常不會是同一個組織，而是各有行動，偶然機會才會合作，例如曼賽羅恩。但是瑞比特看來並不像這種狀況，她甚至承認自己就是兔俠操縱者。

布蘭希思考了幾個可能性，卻又自己一一推翻。

她無法理解兔俠組織，莫非是剿滅之後，逼得對方終於想認眞與聯盟軍對抗了？

如果在這之前對方一直都不是那麼認眞、僅使用布偶對抗，那麼接下來，聯盟軍可能會面臨非常可怕的對手。

越想，布蘭希越是憂心。

瑞比特的「頭腦」擁有癱瘓聯盟軍系統的程度，「兔俠」則是無法消滅、在第七星區橫行異常久遠的時間，如果這都不是瑞比特認眞的程度，那麼當她認眞時，聯盟軍會變得如何？

第七星區，很可能必須加強各方面才足以對抗。

不知不覺間，動力車已抵達目的地。

看著巨大的石造建築，布蘭希整理身上的軍裝，踏下動力車，兩側衛兵一見到她立即肅立行禮，在門口證明身分後，立即有總長親信部屬領她進入高階會議室。

踏入大廳後，布蘭希首先看見的並不是自己熟稔的星區總長，而是背對她的三道背影，兩名應該是青年、一名是明顯嬌小的女孩。

最後，是坐在主位上的第七星區總長。

「這是我的學生布蘭希。」站起身，略有年紀的總長向那三人介紹，布蘭希也很配合地以軍隊禮儀行禮。走下位子後，總長反過來爲她介紹了三名有點陌生的客人。「這三位都是我朋友的孩子，相當優秀，會暫時協助我們第七星區聯盟軍，布蘭希妳就趁這

個機會好好與他們配合，互相學習吧。」

「是。」

「那麼我給妳介紹介紹，這是第六星區軍隊統帥的孩子，也即將接任聯盟軍職位，這次是來第七星區見習的，我舊友之子，柏特。」拍著一旁青年的肩膀，總長笑著介紹另兩個：「另外這兩位就是這次剿滅兔俠基地有功的兩大家族之子，這次派出代表來協助我們聯盟軍處理情報，分別是西港區安卡指揮官的獨生女、蓓莉小姐，以及我姪子，雷森家族的霍西。」

「大名鼎鼎，布蘭希統帥。」柏特友善地伸出手，與女性統帥交握。

「沒想到統帥這麼美麗，看來接下來的合作會相當愉快。」

伸出手，霍西勾起了非常好看的微笑，這讓布蘭希有瞬間怔了下。

「請多多指教。」

□

「你該不會看上那個女人吧。」

走在石板路上，從第七星區聯盟軍總部出來的美莉雅冷冷地看著身邊的青年，後者依舊是那臉令人生厭的做作微笑。

「怎麼可能呢，那種死板的女人當作玩具也不見得有趣。」收起笑容，噬恢復了原本的冷酷肅殺神情，「眞讓人遺憾，我看中的玩具還弄不到手。」他很想去捕捉那個湖水綠少年，當商品賣掉能夠有一筆很好的收入，強迫他加入朱火也可以成爲很優秀的戰力；但是他們之前耍了朱火幾次，或許用繩子縛起、一刀一刀地剮下肉片，聽著哭泣哀求的聲音，似乎會讓人更愉悅。

應該怎麼處置好呢？

噬露出冰冷的笑容。

「瑞比特什麼的，就是那兩個臭小子搞出來的好事。」一想起那比自己還要快的速度，美莉雅就咬牙切齒，恨不得將那雙腳砍斷。

「別急，我們這次的目標除了掌握第七星區以外，就是帶走那個叫茉莉的小女孩，她可擁有難得的能力。」想著剛才見過的女性總長，噬很期待看著到時候對方絕望失去生命的模樣，「可憐的安卡，沒想到獨生女被替換了也不曉得。」

「哼，他女兒老早就死了，如果不是他自己不肯承認，我們會這麼簡單就拿下安卡家族嗎！」

「呵……」

看著偌大的星區，純樸的農業星區，因爲昨日異變島震盪而驚恐的星區，噬再度露出了冷笑。就是這種地方，才會讓朱火輕易掌握。

八百年來的反璞社會嗎……

眞是太有意思了。

《兔俠　卷二．瑞比特》完

下集預告

爲了所有人，請最少再多活三年……

亞爾傑的願望，月神與黑島的關係，
沙里恩家族的另外一人。
被流放第六星區的青鳥，
想成爲處刑者，首先要「劃清界限」！

國家圖書館出版品預行編目資料

兔俠. 卷2，瑞比特 / 護玄 著.
——初版.——台北市：蓋亞文化，2013.05
面；公分. ——（悅讀館 ；RE302）

ISBN 978-986-319-041-7（平裝）

857.7 102004195

悅讀館 RE302

兔俠 vol.2 瑞比特

作者／護玄
插畫／Roo 封面設計／克里斯
出版／蓋亞文化有限公司
地址◎ 台北市103赤峰街41巷7號1樓
電話◎（02）25585438 傳眞◎（02）25585439
網址◎ www.gaeabooks.com.tw
部落格◎ gaeabooks.pixnet.net/blog
電子信箱◎ gaea@gaeabooks.com.tw
投稿信箱◎ editor@gaeabooks.com.tw
郵撥帳號◎ 19769541 戶名：蓋亞文化有限公司
法律顧問 / 十方法律事務所
總經銷 / 聯合發行股份有限公司
地址◎ 新北市新店區寶橋路二三五巷六弄六號二樓
電話◎（02）29178022 傳眞◎（02）29156275
港澳地區 / 一代匯集
地址◎ 九龍旺角塘尾道64號龍駒企業大廈10樓B&D室
電話◎（852）2783-8102 傳眞◎（852）2396-0050
初版一刷 / 2013年5月
定價 / 新台幣 240 元
Printed in Taiwan

ISBN／978-986-319-041-7

Gaea

GAEA